A migração das borboletas

A migração das borboletas

STELLA DOS ANJOS COSTA

© Stella dos Anjos Costa, 2024
Todos os direitos desta edição reservados à Editora Labrador.

Coordenação editorial Pamela J. Oliveira
Assistência editorial Leticia Oliveira, Vanessa Nagayoshi
Direção de arte e capa Amanda Chagas
Projeto gráfico Marina Fodra
Diagramação Nalu Rosa
Preparação de texto Mariana Cardoso
Revisão Marcia Maria Men

Dados Internacionais de Catalogação na Publicação (CIP)
Jéssica de Oliveira Molinari - CRB-8/9852

Costa, Stella dos Anjos

    A migração das borboletas / Stella dos Anjos Costa.
São Paulo : Labrador, 2024.
160 p.

    ISBN 978-65-5625-717-4

    1. Ficção brasileira I. Título

24-4420   CDD B869.3

Índice para catálogo sistemático:
1. Ficção brasileira

Labrador

Diretor-geral Daniel Pinsky
Rua Dr. José Elias, 520, sala 1
Alto da Lapa | 05083-030 | São Paulo | SP
contato@editoralabrador.com.br | (11) 3641-7446
editoralabrador.com.br

A reprodução de qualquer parte desta obra é ilegal e configura uma apropriação indevida dos direitos intelectuais e patrimoniais da autora. A editora não é responsável pelo conteúdo deste livro.
Esta é uma obra de ficção. Qualquer semelhança com nomes, pessoas, fatos ou situações da vida real será mera coincidência.

Para Mark, com carinho.

Aprenda com as borboletas;
as asas virão depois do casulo,
e você poderá voar livre
na direção que escolher.

Sumário

PRÓLOGO —————————————— 11

OUTONO DE 2006
Sally e Nick ————————————— 16

PRIMAVERA DE 2000
Sally ——————————————————— 24

OUTONO DE 2006
Sally e Nick ————————————— 32

OUTONO DE 2006
Nick ——————————————————— 43

PRIMAVERA DE 2000
Mark ——————————————————— 47

OUTONO DE 2001
Mark ——————————————————— 76

PRIMAVERA DE 2002
Sally e Ítalo ——————————————— 81

INVERNO DE 2002
Mark ——————————————————— 85

PRIMAVERA DE 2003
Mark ——————————————————— 92

INVERNO DE 2004
Mark e Sally ———————— 95

PRIMAVERA DE 2005
Mark ———————————— 111

OUTONO DE 2005
Sally e Ítalo ——————— 115

OUTONO DE 2006
Mark ———————————— 120

OUTONO DE 2006 ——————— 123

OUTONO DE 2008 ——————— 150

WEBGRAFIA ————————— 159

Prólogo

Hoje eu não quero café, não quero chá. Quero uma bebida forte para embriagar meu luto e acalmar meu coração. Sinto dor, sinto raiva; a frustração e a tristeza me corroem por dentro.

Noelle se foi. Perdi minha melhor amiga, minha confidente, minha âncora. Quero que me esqueçam, que o mundo se dane. Até mesmo você, Sally.

Se existe bruxaria, você certamente é uma bruxa. Não é possível, durante todos esses anos, você pairar sobre a minha cabeça como uma nuvem pronta para desabar num temporal.

Temporal... Nossa noite de amor no chalé do Thomas naquele Natal.

O que você fez comigo? Foi feitiço?

Estou terminando a segunda dose de uísque e, de repente, sinto vontade de fuçar a minha "gaveta de memórias".

— Fecha essa...! — soltei um palavrão ao fechar a gaveta com força.

Vou para o bar, não quero ficar sozinho. Caminho pela rua, sentindo os primeiros efeitos do álcool.

Relaxa, cara. Vai curtir a vida. Ninguém se importa com você e você não deve se importar com ninguém.

Dobro a rua à direita do calçadão da praia, não quero passar em frente à casa da Noelle. Hoje vou me permitir não lembrar, não pensar, não sentir. Já estou oco por dentro mesmo, não vai ser difícil.

É uma noite de sábado e a vida fervilha em Pismo Beach. Entro no bar, procuro um lugar para sentar e fico impaciente com a demora do garçom.

Para minha desgraça, "I Don't Want to Miss a Thing", do Aerosmith, começa a tocar.

Vou sair daqui, não quero ouvir essa droga.

Mark. Escuto a voz dela sussurrando no meu ouvido.

— Cala a boca, Sally! — grito na calçada.

Alcanço a via principal e vejo o letreiro luminoso. Lembro-me das palavras da minha mãe: "Não entre aí, meu filho. Esse lugar é a porta do inferno".

Será que hoje todos os fantasmas decidiram conversar comigo? Já disse que não quero saber de lembranças, portanto vou desobedecer.

Procuro um lugar no balcão e olho em volta. Uma luz amarelada e fraca ilumina o ambiente enfumaçado que cheira a cerveja barata. O barman se aproxima com um pano sujo no ombro e um olhar sonolento.

— Um uísque duplo, por favor. Com gelo.

O bar está lotado e, entre as mesas de madeira sem toalhas, três garçonetes confusas e desgrenhadas correm de um lado ao outro para atender os clientes.

Noto um casal dando uns *amassos* enquanto espera na fila longa, por falta de sanitários para tanta gente.

Ao fundo, quase no escuro, vejo uma mulher sentada na mesa com as pernas abertas, enquanto um homem levanta sua saia e beija sua boca.

À esquerda, logo após o balcão, uma escada de acesso ao segundo andar; um sobe e desce constante de casais em busca de prazer e diversão.

Uma música latina começa a tocar e os frequentadores aplaudem.

— Vai, Darlene! — grita um grupo de homens numa mesa próxima.

Ela sobe ao palco, vestindo a parte de cima de um biquíni dourado e um short jeans minúsculo e dança descalça, com movimentos sensuais. Os homens aplaudem e colocam dinheiro no seu short quando ela se deixa acariciar.

Essa é a Darlene?

— Mais um, duplo e sem gelo. — Devolvo o copo ao barman.

Giro o banquinho e olho para ela. Darlene sorri e pisca. Eu finjo que não vejo e viro para o balcão. A música acaba, os aplausos e assovios enchem o salão.

— Oi, bonitão... Mark! É você mesmo? Pode me pagar um uísque?

— Como vai, Darlene? — Aceno para o barman.

Não me interessa o que ela estava fazendo ali, nem como havia chegado àquele ponto.

O barman trouxe o uísque e ela virou a dose de uma vez. Aquelas marcas na dobra do seu braço diziam tudo.

— Joel, essa eu pago. Quero um duplo como o do cowboy aqui. — Apontou e se virou para mim. — Não vou perguntar se está perdido, porque você conhece Pismo Beach como ninguém.

Não falei nada.

Então, essa é a gloriosa Darlene da época do colégio. Seu rosto está envelhecido, com a maquiagem borrada. Seu cabelo, não tão comprido como antes, está sem brilho, mostrando uma aparência desleixada, cheirando a álcool e tabaco.

Ela era uma das "garotas borboletas" mais disputadas do colégio, todos queriam a atenção de Darlene Glória Soarez. Eu não me sentia atraído por ela; já estava apaixonado pela bruxa.

Um homem de origem mexicana se aproximou.

— Vai ficar sentada aí jogando conversa fora? Vai trabalhar!

— Estou conversando com um velho amigo.

— Se não cumprir sua meta, vai ficar sem o seu "remedinho".
Darlene o ignorou e cochichou no meu ouvido:
— Está precisando de carinho? Acho que sim, está com um olhar carente...
Não respondi.
— Depois de tanto tempo, ainda está zangado comigo? Eu só queria me divertir, e você era um dos caras mais cobiçados do colégio.
— Essa não é a verdade e você sabe muito bem disso.
— Qual seria o outro motivo?
— Isso não importa mais, já passou.
Mas importava, sim. Aquela festa de despedida do colégio, que deveria ser uma celebração, foi o principal motivo do meu relacionamento com Sally ter despencado ladeira abaixo. O futuro que imaginávamos para nós dois foi obscurecido pela sombra da desconfiança, alimentada por uma trama de enganos ardilosos.
— Tenho um quartinho aqui em cima. Quer subir comigo? Temos uma hora.
— Não rolou naquele dia e não vai rolar hoje também.
Nunca transei com prostitutas, nunca precisei. As garotas da universidade em Los Angeles estavam doidas por sexo, experimentando o gostinho da liberdade longe dos pais. Para minha sorte, venci o campeonato de natação no primeiro ano, o que me tornou mais popular.
Meu namoro com Caroline estava no início, e meus finais de semana eram dela, quando voltava para Pismo Beach. Eu não tinha mais Sally e meu compromisso de fidelidade era apenas com ela.
— Espera aí, eu conheço você. Você é o... — O mexicano me cutucou.
— Mark. — Darlene completou com um sorriso.
— Eu não te conheço.
— Meu nome é Phil. — Estendeu a mão.

Phil o cacete. Mexicanos adotam um nome americano quando imigram para cá.

— De onde você me conhece? — perguntei curioso.

— Minha mulher trabalhou na casa da... da Sally. Ela tem uma foto de vocês dois abraçados no Bosque das Borboletas; sou bom de fisionomia. O marido dela te odeia, cara! — deu uma risadinha.

— Você está falando do doutor Ítalo Giordano?

— Isso mesmo. Eu sei que não é da minha conta, mas... vocês são amantes?

Levantei do banco e o segurei pela gola da camisa.

— Não fale o nome dela com essa sua boca suja. Sally é uma mulher de caráter e jamais teria um amante, não é uma... — Olhei para Darlene. — Desculpe.

Paguei a conta e fui embora.

O vento frio da madrugada penetrou no meu corpo entorpecido pelo álcool. Coloquei as mãos no bolso e caminhei devagar. Minha visão estava turva e meus pensamentos confusos por causa do excesso de uísque.

Não quero pensar, não agora. Enchi a cara para anestesiar meu cérebro, mas percebo que o coração reclama. Acho que não bebi o suficiente.

Dor.

Ah, Noelle! Vou sentir tanto a sua falta! Apenas uma coisa me consola: você está com as borboletas agora, como costumava dizer.

Quando me joguei na cama, a última imagem que vi foi o sorriso da Sally.

Lábios de coração.

Eu sabia que sonharia com ela e, desolado, abracei o travesseiro.

Sally, sua bruxa, me deixe em paz.

OUTONO DE 2006
PISMO BEACH, CALIFÓRNIA

Sally e Nick

O DIÁRIO DE NOELLE

Nick estacionou o carro em frente ao portão da garagem.

— Vou comprar alguma coisa para comer. O que você quer? — Com os olhos vermelhos de chorar, olhou para mim.

— Qualquer coisa. Vou esperar você voltar para entrar em casa — respondi baixinho, sem vontade de falar.

Apesar da tristeza, consegui esboçar um sorriso. O jardim da senhora Noelle Marie Newport resplandecia no outono. Borboletas assanhadas faziam festa nas flores. Parecia um recanto mágico extraído de algum conto de fadas.

A Monarca é considerada a rainha das borboletas — daí o seu nome. Ontem, assisti no noticiário que os cientistas e biólogos comemoram o número recorde na migração desse ano. Elas começam a chegar em outubro e a migração se intensifica no inverno, quando se aglomeram no bosque Monarch Butterfly, aqui perto.

São milhares.

Migram do Canadá em direção ao México em busca de calor e fazem um *pit stop* aqui no bosque de Pismo Beach, um santuário natural.

Hoje pela manhã, ao sair do hospital com o Nick, percebi a agitação de repórteres, biólogos e cientistas indo em direção a esse bosque.

Hospital. Minha mãe.

Sentia-me sem forças para cumprir o ritual: precisávamos decidir a cerimônia do velório, ir ao tabelião...

Desci os poucos degraus até a lateral da casa e sorri ao ver o estrado que sustenta a roseira que sobe até a janela do meu quarto, no segundo andar. Rosas vermelhas e minúsculas, sem danos ou buracos na trepadeira.

Buracos deixados no meu coração.

— Uau! O "borboletário" está animado! — Nick comentou ao chegar.

— Com certeza, as borboletas vieram homenagear a nossa mamãe.

— Olha que maravilha! — disse ele, mostrando o celular.

A foto exibia cachos de borboletas pendurados nos galhos das árvores, onde não se via mais o tronco.

—Vem, vamos lanchar na varanda. Come logo, daqui a pouco vamos encontrar o tabelião.

Doutor Nigel nos recebeu com seu terno de linho e um sorriso no rosto.

— Olá, Nick, Sally. Estamos sentindo falta de vocês aqui em Pismo Beach. Esqueceram os amigos? — disse ele, apertando forte a minha mão.

Pismo Beach fica a vinte quilômetros de San Luis Obispo e pertence a esse condado. Situada entre San Francisco e Los Angeles, é uma clássica cidade californiana, e suas belas praias de areia branca são um convite para a prática de esportes aquáticos.

O píer, reconstruído algumas vezes em razão das tempestades, se prolonga mar adentro com mais de trezentos metros, onde moradores e turistas gostam de pescar, namorar e assistir ao pôr do sol.

Aqui se realiza, no mês de outubro, o Pismo Beach Clam Festival, um festival de mariscos que já foi farto em outras épocas.

Com direito a desfile temático, brincadeira de caça ao molusco para as crianças, que consiste em procurar conchas enterradas na areia e, é claro, sopa de mariscos.

A fauna marinha é abundante, com lontras e leões marinhos espalhados ao longo das praias, podendo-se ouvir o incessante barulho do quebrar das conchas dos mariscos, alimento preferido das lontras. Golfinhos e baleias também são avistados desfilando no mar.

Aqui todos se conhecem, frequentam a mesma igreja cristã, e os rapazes que vão cursar a universidade em Los Angeles, a UCLA, acabam voltando e se casando com "garotas borboletas".

Doutor Nigel sentou-se à nossa frente:
— Vocês aceitam um café, um chá gelado? Bem, vamos resolver logo isso, sei o quanto é doloroso para vocês. Noelle era muito querida aqui em Pismo Beach. Vou fazer uma ligação enquanto vocês examinam os documentos.

Abri o envelope e encontrei um bilhete e o testamento feito de próprio punho:

Eu, Noelle Marie Newport, deliberei fazer este testamento particular e descrevo aqui as minhas últimas vontades.
Declaro meus únicos herdeiros: meus filhos Nicholas Jonathan Newport e Sally Marie Newport.
Eu os amei demais ao longo de toda minha vida.
1 — Façam o que quiserem com a casa; eu não me importo. Mesmo morando aqui até a minha morte, já estava morta antes disso.

Olhei para o Nick, sem entender o que ela quis dizer.
2 — Idem com o carro.
3 — O saldo da conta bancária deve ser igualmente dividido entre os dois filhos. Esse valor eu juntei por um longo tempo

para realizar um sonho, mas fui covarde demais para pôr em prática.

Meus filhos queridos, peço que leiam o bilhete e realizem o meu último desejo, para que minha alma siga adiante livre e feliz.

Leiam o bilhete só quando chegarem em casa e vocês vão entender.

A chave é importante.

Amo vocês além dessa vida.

Noelle

Assinavam o testamento o doutor Nigel e sua secretária como testemunhas.

—Vamos ler agora? —perguntei ao subir os degraus da varanda.
—Você prefere vinho ou uísque?
— Uísque. Não sabemos o que vem pela frente, é melhor uma bebida forte.
— Seu copo. Pode começar. — Nick estendeu a mão.

Abri o pequeno envelope e encontrei uma chave e um curto bilhete:

Meus amados filhos.
No meu closet, há uma caixa de madeira esculpida com borboletas. Antes de abrir, apreciem a sua beleza. Foi um presente do Frank.

— Quem é Frank? — perguntou meu irmão.
— Não sei. Pare de me interromper.

Lá dentro, vocês vão encontrar um diário. Leiam com calma e com o coração aberto, sem julgamentos.

Eu já me julguei o suficiente.
Amo vocês.

Na prateleira de cima do closet, achei a caixa e a coloquei sobre a cama. Havia borboletas pequenas esculpidas na tampa e quatro grandes nas laterais. Envernizada e elegante, com uma fechadura dourada como a chave.

— É linda mesmo. Vamos abrir?
— Aqui não, na varanda.
— Por que você não quer ficar dentro de casa?
— Porque tudo aqui dentro é dela, tem a presença dela, e isso me causa mais dor do que consigo suportar.
— Qual a diferença, se vamos falar dela? Tanto faz...
— Na varanda, Sally. — Ele não me deixou concluir a frase.
— Tá bom. Você leva a caixa.

Acendi as luzes do jardim. Luminárias embutidas no chão indicavam o caminho da entrada. Dois postes iluminavam o pergolado, e outro, o balanço sob o salgueiro.

Uma brisa leve e perfumada de outono preenchia a varanda.

— É tudo tão bonito aqui... — Nick se espreguiçou.
— Bonito e delicado como minha mãe — completei. — Vamos abrir a caixa.

Dentro dela, um grande medalhão na forma de coração, um maço de cartas amarrado com uma fita laranja, fotos embrulhadas com papel fino e uma urna. O diário estava por cima de tudo, preso com um papel que dizia: *Boa leitura. Mamãe.*

Abri o diário:

Meus amores.
Quando vocês lerem esse diário, eu já terei partido daqui.
Não me recriminem, não me julguem; aceitem os fatos e sejam compreensivos.

Minha vida estava um tédio. Queria fazer um safari na África e transar sob as estrelas, viajar num foguete para Marte e fazer amor nesse planeta desconhecido.

O pai de vocês quase não me tocava mais; havia se isolado, dedicando-se, a cada dia, a aprimorar a fama de melhor cirurgião da cidade. Angel Newport me ignorava.

De anjo, ele não tinha nada; transou com metade das enfermeiras do hospital, que eu sei.

Vocês devem saber também: em um lugar pequeno como Pismo Beach, todo mundo sabe da vida de todo mundo.

Além do perfume. Toda noite eu sentia um cheiro de mulher, quando ele corria para tomar banho.

Não estou querendo justificar nada. Falhei como esposa, nunca como mãe.

Eu queria tanto trabalhar, me sentir útil, mas Angel insistia em me manter em casa, alegando não haver ninguém melhor do que eu para cuidar de vocês.

Sou uma inútil.

Não sirvo para nada.

Invisível.

— Lá vem bomba. Preparado? — Parei a leitura e olhei para o Nick.
— Manda ver.

Tive um romance tórrido com um biólogo que esteve aqui no outono, época da migração das borboletas Monarca.

Conheci Frank numa tarde, quando fazia o meu passeio no bosque. Era outubro e as borboletas começavam a chegar.

Foi um ano excepcional. Eram tantas... tantas...

Entrei no bosque fascinada com os cachos de borboletas pendurados nos galhos e cobrindo o tronco das árvores. Olhava para cima extasiada, nunca tinha visto nada igual.

—Você está bem? —Senti duas mãos me levantando, quando tropecei e caí.

Fiquei sem graça, limpei minha blusa, balbuciei alguma coisa e me perdi no rosto dele. Os olhos mais verdes que eu já vi, a barba por fazer, um grisalho aqui e ali, uma câmera e um binóculo que ele largou para me socorrer.

—Eu me chamo Frank. Posso ajudar? Espere... —Tirou uma folha grudada na minha testa.

Eu não conseguia falar.

Ele me segurou e me levou até um banco.

—Sente-se aí. Vou pegar um copo d'água.

Eu examinava meus cotovelos arranhados quando ele me entregou o copo.

—Ah, você se machucou...

Abriu a mochila e pegou uma toalha, a umedeceu e, com a maior naturalidade, limpou meus cotovelos e contou que estava hospedado no chalé do Thomas.

—Thomas está na Flórida; viajou para o casamento do irmão dele que, por coincidência, é amigo da minha irmã. Em troca da hospedagem, cuido do chalé —explicou ele.

Sorriu e apontou para o alto da minha cabeça, onde uma borboleta havia pousado.

—Mais uma, estou fazendo a contagem.

Sua aparência era divinamente bagunçada. Os cabelos eram castanhos e ondulados, tudo em seu rosto era meio desorganizado, mas a boca... a boca era perfeita... com lábios marcantes num sorriso diabólico.

Eu pisquei várias vezes quando ele me cutucou.

—Ei, não vai me dizer o seu nome?

—Noelle —respondi, ainda meio perdida.

—Ah, Noelle, você sabia que essa é a maior migração registrada nos últimos anos? Os cientistas estão eufóricos e nós biólogos também. No ano passado, estavam preocupados com a *extinção, porque foram registradas bem menos que a média...* — Empolgado, segurou minhas mãos enquanto falava.

— Podemos parar? Estou cansado... continuamos amanhã. — Nick se levantou.

— Tá bom, mas amanhã precisamos avançar mais. Não tenho todo o tempo do mundo e ainda tem muita coisa para ler. — Folheei o diário. — Vem, vamos dormir.

— Vou dormir na varanda.

— Nick, pare com isso. É nossa casa também, não era só da mamãe.

— Posso dormir com você no seu quarto?

Mas eu não consegui dormir. Levantei e fui caminhar descalça na grama fria. Olhar para o jardim era como olhar para minha mãe. Ela ganhou alguns prêmios no concurso do jardim mais bonito de Pismo Beach.

Os lírios moldados por buchinhos indicavam o caminho da entrada, as flores na varanda, o salgueiro chorando despencado sobre o balanço, o pergolado que explodia de tanta beleza com glicínias roxas na sua floração intensa e perfumada...

As flores preferidas das borboletas emolduravam o muro e os canteiros em forma de coração, nas mais diversas cores.

Li o restante do diário e deitei no sofá do pergolado. As lembranças encheram o meu coração de saudade. O chalé do Thomas, eu e mamãe, quase a mesma história: *Mark*.

PRIMAVERA DE 2000

Sally

Mark era o melhor amigo do meu irmão. Estudavam na mesma turma. Como morávamos perto, atravessávamos a Park Drive e o campo de golfe para chegar à praia. Ele me ensinou a nadar e a andar de bicicleta. Fazíamos trilhas e pedalávamos por toda a cidade. Eu gostava da companhia deles, apesar das reclamações do meu irmão, que não me queria por perto. Minhas colegas da escola eram entediantes; só queriam saber de compras no shopping.

Até que um dia, eu os surpreendi bebendo cerveja e chantageei meu irmão:

— Se você não me deixar ficar, vou contar pra mamãe.

Mark riu e me chamou de marrentinha.

Ele sorria com o rosto todo; seus olhos num tom acinzentado, a covinha sexy no queixo, seus cabelos escuros e uma boca pedindo para ser beijada.

Alto e esguio, com o tórax mais desenvolvido do que o restante do corpo por causa da natação, venceu alguns campeonatos e perdeu outros. Eu sempre comparecia e acordava rouca no dia seguinte de tanto gritar seu nome. No último que venceu, pegou o troféu e correu para mim:

— Aqui, marrentinha. Vamos tirar uma foto.

Foi um dos dias em que me senti mais feliz. Eu me apaixonei pelo Mark.

Os garotos da escola eram um bando de babacas. Ficavam encostados nas paredes do corredor da entrada, aguardando as garotas entrarem, como numa passarela. Quando a mais desejada por todos chegava, provocava um rebuliço. Dava para ouvir os suspiros do lado de fora.

Lá vem ela. Darlene Glória Soarez.

Uma garota de origem mexicana, com curvas exuberantes, pernas perfeitas e cabelos longos e negros que brilhavam até o meio das costas.

Eles começavam com as piadinhas:

— Estou vendo um anjo?

— Não. É uma princesa exótica.

— Darlene, pode me dar o número do seu telefone?

Darlene passava, pisando no coração de todos eles, balançando os quadris e os cabelos.

E vinha o coro:

— *Glorious*!

Eu aguardava do lado de fora, até o corredor se desfazer, para poder entrar. Não chegava nem aos pés da Darlene; talvez um dia ela me deixasse limpar os seus sapatos.

Magra, com as pernas finas e cabelos ruivos, a única coisa de que eu gostava em mim eram os olhos azuis que herdei do meu pai.

Eu ficava escutando a conversa entre meu irmão e Mark e me intrometia:

— Você gosta é daquela bunduda da Darlene! — falava, enciumada, implicando com Mark.

— Comporte-se, senão não danço com você no baile; vai tomar um chá de cadeira! — respondia ele, apertando a minha bochecha.

— Quem disse que eu quero dançar com você? — retrucava eu, dando uns tapas nele.

Era tudo o que eu queria na vida.

Uma chatice o dia do baile; mamãe me arrastou para o shopping e eu experimentei vestidos, sapatos, até uma lingerie nova. Horas no salão de beleza: unhas, cabelos, depilação e maquiagem. Uma verdadeira tortura; eu preferia pescar com eles ou pegar frutas, subindo nas árvores do bosque.

Mamãe escolheu um vestido lilás, a cor da moda naquele ano. Ela fez suspense com a minha aparição na varanda, onde os dois esperavam impacientes.

— Você está deslumbrante. Vamos? — Mark sussurrou.

Valeu a pena toda aquela chatice do dia, ao ver o seu olhar de aprovação.

Ele também estava deslumbrante: de terno sem gravata, as mangas arregaçadas até os cotovelos — porque sempre estava com calor —, o cabelo bagunçado do jeito que eu gostava.

No baile, era proibido o consumo de bebidas alcóolicas. Eu bebi um ponche batizado com rum e adorei, mas fiquei tonta.

Dancei com vários garotos e gostei de ser disputada por alguns. Deixava que eles me apertassem mais um pouco, enquanto sussurravam palavras no meu ouvido. Fechei os olhos e me deixei levar pela gostosa sensação de me sentir desejada.

Fiquei irritada quando Mark me tirou dos braços do Brandon e me levou lá para fora.

— Está se comportando como uma qualquer! Vai ficar dando mole para esses babacas?

— Eu vou dançar com quem eu quiser! — falei, aproximando meu rosto. Ele sentiu meu hálito.

— Você bebeu, Sally? — perguntou ele, cheirando minha boca.

— Só o ponche.

— Não beba essa merda, está batizado com rum.

— Dane-se!

—A marrentinha já está arrumando confusão? — Nick chegou perguntando.

— Acho que vou cair. — Senti um mal-estar seguido de uma tontura e me segurei nele.

— Vamos para casa. — Mark me pegou no colo.

Estraguei a festa dos dois e pedi desculpas no dia seguinte, mas eu não sabia que tinha rum no ponche; só gostei da sensação de leveza e liberdade.

Meu amor platônico por Mark aumentava, mas ele me via como a irmã do seu melhor amigo, que perturbava a paz dos dois e roubava a isca do anzol.

Decidi mudar de tática para que me enxergasse com outros olhos. Observava as "garotas borboletas" das suas conversas e tentava imitá-las.

— Você viu a Lucy como está ficando bonita? Ela e a Karen, depois que mudaram a maneira de se vestir, estão... uau! — comentou meu irmão.

— Argh! — exclamei, fazendo uma careta de nojo.

— No sábado, vamos encontrar a turma para lanchar na Dream's e, quem sabe, um cineminha? — Nick falou, todo animado.

— Eu também vou. — Levantei o dedo.

— Não vai não, você não é da turma.

— Eu quero ir também.

— Eu levo você, Sal. — Mark me socorreu.

Nick resmungou, desaprovando a ideia.

No dia seguinte, persegui Lucy e Karen na escola. Tentei imitar seus gestos e observei suas roupas. Duas dondocas. Elas não sabem o que é furar os dedos na tentativa de colocar a isca no anzol.

Pedi a mamãe que fosse comigo comprar uma roupa nova e ela perguntou se eu estava apaixonada. Eu respondi que Nick me levaria à lanchonete no sábado, mas não me deixaria ir com aquele short jeans surrado e a camiseta com borboletas desbotadas.

— Sally, anda logo! — Nick gritou impaciente do jardim.

Cheguei na varanda com saudade do meu short jeans. Meu irmão, ao me ver, riu e colocou as mãos nos bolsos.

— Em Pismo Beach há garotas borboletas e garotas grilos — debochou, referindo-se às minhas pernas finas.

Por que estou me iludindo? Ele nunca vai olhar para mim. Engoli o choro e me virei para entrar com a intenção de chorar na cama.

Mark segurou meu braço e me impediu de entrar.

— Não ligue para o seu irmão, ele só gosta de implicar. Vem, você não parece um grilo, nem uma borboleta e sim, uma princesa.

Ele me olhou diferente — notei, triunfante.

— Deixa de ser implicante, Nick. Ela é sua irmã e minha amiga.

Amiga. Murchei.

Mark se comportou como um amigo na lanchonete: conversou comigo e, só de vez em quando, desviava a atenção para cumprimentar os colegas do colégio que se uniam ao grupo.

Limpou minha boca com o guardanapo para tirar o molho que escorria no meu queixo. Seu rosto pertinho do meu... Tive vontade de beijar aquela boca na frente de todo mundo. Eu ansiava pela hora do filme.

Tomava coragem para sussurrar o meu amor, segurando sua mão. Depois disso, eu beijaria seu rosto, ele olharia para mim e beijaria a minha boca.

Eu também tenho o direito de sonhar.

Meu sonho acabou aí. Nick não conseguiu levar nenhuma borboleta para o cinema.

— Vamos nós três? O filme parece ser muito bom — insisti.

— Eu prefiro jogar videogame com Mark — respondeu ele de mau humor.

— Mark vai comigo, não vai? — teimei.

Mark ia falar alguma coisa, mas meu irmão o interrompeu:
— O filme vai ficar em cartaz muito tempo. Deixe para outro dia.
— Outro dia, Sal — reforçou Mark.

Odiei meu irmão. Minhas chances acabaram nesse dia. Eles entraram num campeonato de videogame e eu fui esquecida. Queria jogar o videogame pela janela, queria matar meu irmão. *Queria o Mark.*
Tenho certeza de que ele sabe que eu sou a sua melhor amiga. Nós rimos, debochamos um do outro, brigamos, fazemos as pazes e... nos amamos. Sim, mas é amor de amigos.
Não quero ser a sua melhor amiga. Quero me enroscar no pescoço dele, beijar sua boca, oferecer meu coração e meu corpo. Nada seria mais divino do que me entregar a ele... a minha primeira vez.

Numa manhã, eu estava na sala de aula e abaixei para pegar a caneta no chão. Vi um papel dobrado, enfiado na fenda da madeira sob a mesa.

"Você que está lendo esse bilhete é uma pessoa muito atenta, não imaginei que alguém fosse encontrá-lo. Se quiser, podemos conversar todos os dias; é só escrever e colocar o bilhete no mesmo lugar que o encontrou.
Pode escrever sobre o que sentir vontade. Eu não sei quem você é e você não vai saber quem sou. Fale sobre o seu dia, seus sonhos, se está amando alguém, seu cachorro, seu gato. Fale sobre o que quiser e eu farei o mesmo."

Interessante. Será uma nova moda na escola? Aguardei o intervalo e revistei debaixo das mesas, não achei nada.
Não existia uma regra, mas, no início do ano letivo, cada aluno escolhia um lugar para sentar. O meu era na parede oposta às janelas, lugar preferido pela maioria.

Escrevi o bilhete:

"Olá! Para conduzir a nossa conversa, gostaria de saber se você é do sexo masculino ou feminino."

Resposta:

"Que diferença faz? Se é importante, eu sou do sexo masculino. Gostei da palavra sexo no primeiro bilhete. Espero conversar bastante com você. Vai me dizer qual é o seu sexo?"

Escrevi:

"Eu sou do sexo feminino, mas não pense que vou alimentar as suas fantasias eróticas."

Resposta:

"Relaxa, gata. Posso te chamar de gata? É sem segundas intenções, juro. Quanto às minhas fantasias eróticas, não se preocupe; sei como resolvê-las."

Escrevi:

"Prefiro falar sobre o amor, esse sentimento que nos assombra nessa fase da vida. Eu tenho um amor platônico, mas não vou dizer mais nada. Talvez, quando me sentir mais segura com você..."

Resposta:

"Fizemos um trato: só falaremos o que tivermos vontade e eu vou respeitar a sua. Descobri que sou romântico e gosto de poesias."

Escrevi:

"*Eu também gosto, principalmente de romances. Pretendo cursar faculdade de literatura e me formar professora. Quem sabe uma escritora?*"

Talvez esse cara conseguisse me livrar desse amor platônico que sinto pelo Mark. Eu deveria me revelar?

Eu escrevia poesias e desabafava o meu sentimento como se falasse com ele. Nossas correspondências duraram até antes do início das férias de verão.

Peguei Nick mexendo nas minhas gavetas e perguntei o que ele estava procurando.

— Minha camiseta preferida. Mamãe deve ter guardado nas suas coisas.

— Não tem nada seu aqui!

Por pouco ele não encontrou os bilhetes. Fiquei meio paranoica; eu precisava encontrar um lugar seguro para escondê-los antes que ele os achasse.

OUTONO DE 2006

Sally e Nick

Na manhã seguinte ao falecimento de mamãe, liguei para a funerária.

— Sally, que surpresa! — Stewart atendeu com sua voz alegre. Não sei como conseguia trabalhar na funerária, não combinava com sua personalidade.

— Cancele tudo, Stewart. Mamãe quer ser cremada; nada de funeral.

— Você tem um documento expressando a vontade dela?

— Levo aí mais tarde.

— Fique tranquila, o corpo ainda não saiu do hospital.

O corpo.

Minha mãe.

Preparei o café e acordei meu irmão.

— Não fique pensando que essa mordomia vai durar. Hora de levantar, tome o seu café. — Abri as cortinas.

— Já leu tudo? — Nick estava abatido.

— Eu... não.

— Eu vi você levantar. Foi ler sozinha?

— Fui. Descobri que ela não quer um funeral, quer ser cremada.

— Cacete!

— Vamos fazer a vontade dela, ainda mais depois que explicou os motivos.

— Quais motivos?

— Você vai saber quando avançarmos na leitura.

—Vamos começar?

No dia seguinte, Frank me levou para conhecer o chalé. Era lindo, integrado à natureza, com borboletas voando na varanda.

Nosso amor floresceu rápido. Eram tardes quentes e meu sentimento por ele aumentava a cada dia. Amávamo-nos com paixão e, pela primeira vez, conheci o prazer nos braços de um homem.

Meu homem.

Foi uma época em que agradeci a desatenção de vocês; não se importavam comigo, contanto que a comida estivesse na mesa e eu cumpri as minhas obrigações com vocês três.

Seu pai não se importava. Eu não sabia se ele estava no hospital, ou na cama de alguma amante.

Então chegou o grande dia, o mais feliz e o mais triste da minha vida. Era véspera da partida de Frank, e eu decidi passar a noite com ele.

Jantamos à luz de velas, bebemos um bom vinho e dançamos abraçados depois. Ele me despiu enquanto dançávamos, e eu me senti a mulher mais amada do mundo. Tivemos a noite mais fantástica das nossas vidas.

Entre risos e lágrimas, fizemos amor a noite toda. Ele me implorava para que fosse embora com ele e eu quase cedi.

Fiz a mala. Olhem lá no meu closet, ela está no mesmo lugar. É pequena, florida, com borboletas estampadas. Eu a olhava todos os malditos dias que se seguiram como uma promessa e nunca a desfiz.

Voltei para casa no dia seguinte e encarei três pares de olhos preocupados. Bati a porta do quarto e gritei: "me deixem em paz!".

Vocês se lembram?

Nem vocês, nem seu pai, perguntaram nada, e eu agradeci por isso.

Agradeci ou amaldiçoei, porque, se perguntassem, talvez eu não suportasse a dor, pegaria a minha mala e alcançaria Frank no caminho.

Sorte de vocês, azar o meu, mas eu fiz uma escolha.

Thomas sabia de tudo — só ele. Eu precisava de alguém para dividir a nossa história. Minha e dele. Frank e Noelle, como está gravado no tronco da árvore.

Thomas disse que já sabia, porque viu o coração tatuado com capricho no tronco.

O tronco agora coberto por borboletas.

Como uma neurótica, me agarrava à caixa de correio. Duas vezes por dia, eu a inspecionava.

Parecia que eu só conseguia respirar quando abria o envelope. O resto do tempo, enquanto aguardava a próxima carta, eu estava sufocada.

As cartas estão na caixa, com palavras de amor e manchas de lágrimas no papel. Minhas e dele.

Ele me pediu consentimento para casar. Disse que precisava seguir sua vida, já que eu estava irredutível na escolha que havia feito.

Mas, se eu mudasse de ideia, no dia seguinte estaria aqui para me buscar.

Respondi à carta: "Case-se e seja feliz".

Sou uma hipócrita, eu sei.

Meses depois, me enviou uma carta com a foto do seu casamento. Ele me olhava com um olhar triste e acusatório, ao lado de uma mulher vestida de noiva.

"Olha o que você fez comigo", estava escrito no verso. Vocês não vão achar essa foto, eu a rasguei e joguei fora.

Dentro da mesma carta, uma outra foto. Nós dois, sorrindo, abraçados no meio das borboletas.

Escreveu no verso: "Esta você não tinha; guardei só para mim. Consegue notar a diferença?".

Eu morri nesse dia.

— Vamos parar, precisamos ir à funerária. Não é a vontade dela? — disse Nick, se levantando.

Entreguei os papéis ao Stewart para que cuidasse dos trâmites burocráticos.

— Ela já está aqui. Vocês querem vê-la?

Nick se adiantou.

— Não. Prefiro guardar a sua imagem viva, sorrindo para mim.

— Eu também não — concordei.

— Para quando querem marcar a cremação?

— Eu não quero, preciso de um tempo! Não quero lidar com essa droga agora... — disse Nick, explodindo em lágrimas.

— Calma, meu amigo. Noelle vai "descansar" aqui até vocês se sentirem prontos para a cerimônia.

Já estava anoitecendo quando voltamos para casa. Fizemos uma refeição num restaurante na praia e ficamos olhando o mar para relaxar um pouco.

— Tem notícias do Mark? — perguntei, me enchendo de coragem.

— Por que quer saber? — Ergueu as sobrancelhas.

— Por nada. Ele ainda é o seu melhor amigo, não é?

— Mark voltou a morar aqui e tem uma loja de tecnologia no shopping. Ele está bem.

— Ele está casado?

— Sally... — falou desconfiado.

— Eu só quero saber... só curiosidade.

— Vamos para casa terminar essa tortura. — Nick não respondeu e eu calei minha boca.

Sentamos na varanda depois de acender as luzes.
— O jardim de Noelle. — Sorri com o diário no colo.
— Manda ver, vamos acabar logo com isso. — Serviu o uísque.

Eu fiquei preocupada porque as cartas haviam parado de chegar. Talvez Frank tivesse decidido não escrever mais. Agora que era um homem casado, poderia julgar que isso fosse uma traição à esposa.

Ou então, devia estar muito ocupado; ele estudou em Harvard e fazia parte do corpo docente da universidade.

Como gostava de ser chamado, um pesquisador apaixonado pelas borboletas, em particular, a Monarca.

Então, recebi uma caixa linda no meu aniversário. Dentro dela, um medalhão com uma borboleta e a inscrição:
"Meu amor agora voa.
Danaus plexippus noelle.
O nome da nova espécie de borboleta Monarca que eu descobri. Ela tem um contorno prateado nas asas, única e bela como o nosso amor, como você".

— Olha que linda! — Eu abri o medalhão.
Nick olhou para os objetos sobre a mesa.
— O que vamos fazer com tudo isso?
— Você já vai saber. Posso continuar?

Não tenham dúvidas do meu amor por Frank. Eu o guardei durante todos esses anos para me manter viva.

Dentro da caixa estão as fotos, as nossas cartas e uma urna com as cinzas dele.

Frank morreu. O meu Frank.

Lionel, o irmão dele, me enviou essa caixa ao realizar o seu último desejo.

Por isso ele não escrevia mais, e eu perdi o único estímulo que me mantinha viva: as cartas com a promessa de preservar o nosso amor.

Contei tudo ao pai de vocês pouco antes da morte dele. Era hora de abrir o jogo, de falar umas verdades que eu guardava fazia tempo, antes que fosse tarde demais.

Sentei ao lado dele no pergolado e vi o céu ficar meio triste, como se soubesse que algo importante estava para acontecer.

— Antes que tudo acabe, preciso te falar uma coisa. — Olhei para o céu em busca de coragem.

Ele me olhou meio surpreso, meio curioso. Respirei fundo, preparada para largar um peso que carregava há muito tempo.

— Eu te perdoo por te trair — soltei as palavras meio receosa, mas aliviada de finalmente deixá-las sair.

Durante toda a nossa vida juntos, ele nunca soube me amar de verdade. Só pensava nele e me deixava de lado, sem nem perceber que eu também precisava de afeto, de carinho. Continuei:

— Achei alguém que me tratou do jeito que você nunca soube. Ele me fez sentir especial, sabe?

Uma lágrima escapou dos meus olhos enquanto eu olhava para ele. Cada palavra que eu dizia era como um peso que saía dos meus ombros, um jeito de me libertar.

— Eu te perdoo, não por você merecer, mas porque eu preciso seguir em frente sem esse peso no coração.

O silêncio reinou depois do meu desabafo — meio tenso, meio aliviado — mas, dentro de mim, eu me senti em paz.

Quando olhei para ele, seu rosto estava imóvel, banhado de lágrimas.

— Perdão, Noelle — sussurrou.

Ele me abraçou e murmurou:

— Também se perdoe por não ter ido embora com ele. Era o que devia ter feito; eu não mereço você.

— Eu tinha dois filhos para criar — respondi.

— E os criou muito bem. Você é uma mulher fantástica; pena que eu só percebi isso tarde demais.

E, antes que ele acabasse com aquela sensação de paz, me enchendo de arrependimento pela minha escolha, eu retruquei:

— Eu não me arrependo da minha decisão, mas afirmo que Frank foi o maior amor que a vida me deu.

— Frank...

— Isso, o nome dele era Frank.

Pronunciei o nome dele novamente, tornando sua presença quase palpável.

No dia seguinte, fui ao bosque contar ao Thomas a conversa que tive com o pai de vocês. Mais um peso de culpa no meu coração, ao lembrar das palavras dele: "Também se perdoe por não ter ido embora com ele...".

Então, eu tomei a decisão errada? Devia ter partido com Frank sem olhar para trás?

Talvez a culpa fosse pesar no meu coração se eu deixasse vocês; talvez eu culpasse Frank por essa minha atitude.

Não sei. Não existe uma resposta certa.

Thomas não estava, mas deixou a porta do chalé aberta.

A sensação era de dor e de aconchego ao mesmo tempo. Eu não entrava no chalé desde que Frank tinha ido embora.

Sentada sozinha, olhei para o quarto onde Frank costumava ficar. A solidão parecia mais densa do que nunca, pesando no meu coração com uma força avassaladora.

Ele havia partido. O homem que eu realmente amava me deixou perdida em um mundo de silêncio e saudade.

"Você se foi, meu amor", sussurrei para o vazio, as lágrimas turvando a minha visão. "Estou aqui, tentando encontrar um jeito de seguir sem você." Lembrei dos momentos que compartilhamos, das risadas, dos abraços, das conversas intermináveis.

Ele tinha sido o meu porto seguro, meu confidente e entendia os cantos mais profundos da minha alma.

Tão pouco tempo juntos, mas tão intenso...

—Agora que você se foi, a solidão parece mais esmagadora— admiti em voz alta, deixando as palavras ecoarem no vazio do quarto. —Sinto falta do seu toque, do seu sorriso, de tudo que fomos juntos.

O silêncio me envolveu como uma sombra enquanto eu tentava encontrar conforto nas lembranças repercutindo em minha mente. Mesmo assim, a dor da ausência é como uma ferida aberta que nunca cicatriza.

Eu tentei de novo falar com Frank:

—Eu te amei de verdade e ainda te amo —confessei para o ar, esperando em vão uma resposta que nunca viria.

Insisti:

—E agora estou aqui, perdida, tentando encontrar um jeito de seguir em frente sem você ao meu lado.

"Perdão, amor."

Eu desabei em lágrimas. Talvez voltar ao chalé tivesse sido uma decisão errada; doía demais.

Enquanto minhas lágrimas caíam, uma borboleta entrou pela janela aberta, dançando suavemente ao redor do quarto. Ela pousou na cabeceira da cama e eu gritei:

—Danaus plexippus noelle!

Com um sorriso, me permiti acreditar que essa visita inesperada foi um sinal de que ele estava ali comigo, ouvindo cada palavra que eu dizia.

Falei para ele:

—Eu entendi a mensagem. Quando chegar a minha hora, nossas almas se unirão novamente e voaremos juntos com as borboletas, livres e em paz, para a eternidade.

Voltei para casa mais leve.
Não quero que me ponham no túmulo ao lado do meu marido. Quero ser cremada.
Em nome desse amor, eu peço: enterrem o medalhão ao pé da árvore gravada com nossos nomes. Não é difícil de achar, fica ao lado esquerdo do chalé. É a mais alta, a mais robusta, como o meu amor por ele.
Eu imploro que atendam ao meu último pedido. Queimem tudo, juntem com as nossas cinzas e joguem no bosque. Vamos voar juntos com as borboletas até o infinito."

Nick olhou para mim com o medalhão na mão.
—Acabou a tortura?
—Acabou, uma história de amor e tanto. —Funguei.
—Pare com isso. Vamos sentar um pouco no balanço?
Acomodou a cabeça no meu colo, depois de ligar o som:
—"Autumn Leaves". Era essa a música preferida dela, não era?
—A música preferida, a estação do ano preferida. A letra diz tudo.
—Minha mãe, a senhora Noelle, aprontou.
—Não seja idiota! Ninguém está livre disso.
—Você concorda com tudo o que ela escreveu?
—Ela pediu para não ser julgada e eu vou fazer a vontade dela. Filhos homens são ciumentos e possessivos — comentei, rindo dele.
—Isso me lembra da história de uma certa pessoa...
—Vai me julgar também? Quer saber? Eu sempre fui apaixonada pelo Mark.
—E ele por você, mas fizeram merda.
—Talvez escolhas erradas — retruquei irritada.
—Ou seja, merda — insistiu.
—Chame do que quiser.

—Estou com saudade da minha mulher, amo muito a Nina. Só discutimos porque acho que não está na hora de pensar em bebês.
—Nina é um amor e vai ser uma excelente mãe.
Ficamos em silêncio.
—Sally, cuidado com o que vai fazer.
—Do que você está falando?
—Estou falando do Mark. Sei que você está muito mexida com a leitura do diário da mamãe, mas tenha cuidado.
—E o que tem uma coisa a ver com a outra?
—Tudo. As histórias são muito semelhantes, o chalé do Thomas...
—Pare. Pode parar!
—Eu sei de tudo. Mark me contou numa noite em que bebemos demais.
Levantei e ele bateu com a cabeça no banco do balanço.
—Ai, essa doeu!
—Não se meta na minha vida, Nick. Vou dormir, boa noite.
Nick cantou alto, acompanhando a música:
—*Since you went away, the days grow long...*
Eu parei e o olhei de cara feia. Ele continuou cantando:
—*But I miss you most of all, my darling...*
—Você está de porre! — Eu bati a porta e fui chorar no travesseiro.

Providenciamos a cremação, um dos momentos mais dolorosos da minha vida, e precisei ficar abraçada ao Nick durante todo o tempo. Ele chorava feito criança.
Foi um ritual bonito. Localizamos a árvore e acariciei as marcas do coração "Frank e Noelle"; em seguida, enterramos o medalhão conforme ela pediu.
Thomas já havia falecido e o chalé estava fechado. Soube que será transformado em um pequeno *Museu das borboletas*.

Eu preferia que se chamasse *Museu Frank e Noelle*. Ali estava registrado o maior amor que já ouvi falar.

Imaginei as duas urnas lado a lado sobre uma estante, suas fotos e cartas emolduradas colocadas na parede. No centro da sala, em destaque, o medalhão com a borboleta, dentro de uma redoma.

Mas eu tinha que cumprir a vontade dela; seria um crime não obedecer ao último e desesperado pedido de Noelle Marie Newport.

Jogamos as cinzas ao vento ao som de "Autumn Leaves". Ela não pediu isso, mas achei que ficaria perfeito. As borboletas se agitaram e o céu se tingiu de laranja e preto.

Perfeito.

Mais que perfeito.

Frank e Noelle.

Abracei meu irmão que estava voltando para os braços da Nina.

Sorte dele.

OUTONO DE 2006

Nick

Parei no posto de gasolina para abastecer e me acalmar um pouco. Preciso me recompor. A emoção ainda toma conta de mim desde que saí do bosque com a Sally. Eu tenho certeza de que ela vai procurar o Mark. Sinto certo arrependimento de não ter dito a ele as palavras que queria ouvir, quando falava da minha irmã. Eu podia notar o ressentimento e a frustração nos olhos dele. Mas fiz o que achei certo fazer. Sally está casada, um casamento frustrado em suas expectativas. Ítalo é um tirano egocêntrico; não sei o que ela viu nele. Depois de tudo o que Mark me contou, eu sabia que eles ficariam esbarrando em relacionamentos ruins.

Todos são ruins, quando se deseja achar em uma pessoa o que se viveu com a outra. Não vai achar e esse sentimento de vazio não vai passar.

Gostaria que ele tivesse me contado tudo logo no início. Talvez eu pudesse ter controlado a insegurança dele e os rompantes dela; Sally sempre foi impulsiva.

Eu dei sorte, encontrei a minha borboleta antes que ela pousasse em outro lugar. Nina...

Minha mãe...

Essa viveu num casulo e só saiu dele quando conheceu esse homem, o Frank. Tentou bater as asas, não conseguiu. Só se livrou do casulo quando morreu. Agora voa feliz ao lado do seu amor.

Amor...

O diário de Noelle mexeu demais comigo. Eu sei que, em algum momento, ela amou meu pai. Um momento que se perdeu quando ele passou a olhar só para si mesmo e esqueceu que sua mulher precisava dele.

Por que nos casamos tão apaixonados, prometemos amor eterno e abandonamos tudo no caminho?

O todo-poderoso doutor Angel Newport pisou feio na bola.

Frank certamente representava tudo o que mamãe queria na vida, como escreveu no diário dela. Minha mãe era romântica, sempre falou sobre o amor. Talvez não se jogasse nos braços do Frank se meu pai não fosse tão egoísta, tão onipotente.

Preciso conversar com a Nina; tenho sido egoísta com ela.

Deixamo-nos levar olhando para o próprio umbigo e não nos damos conta de que existe alguém ao nosso lado, com sonhos, desejos e frustrações.

Estou cansado. Olho pela janela enquanto bebo meu café devagar e vejo crianças brincando no parquinho da lanchonete. Um bebê engatinha no gramado, com o pai atento ao seu lado.

Lembro-me de Sam, meu sobrinho. Além de indiferente, fui um covarde quando Sally precisou de mim.

O bebê no gramado... de repente, o pai se afasta e ajoelha a uma curta distância.

— Vem, meu amor. Você consegue! — incentiva ele, batendo palmas.

O bebê levanta devagar, com passos pequenos e hesitantes, caminha até o pai.

Um, dois, três passos.

— Você conseguiu! Conseguiu! — O pai, orgulhoso, o ergue nos braços e o gira no ar.

É nítida a emoção daquele momento.

Eu, com os nervos em frangalhos, o coração sem defesa e a emoção à flor da pele, choro de novo, com um sorriso nos lábios. Não me contive, debrucei na janela e bati palmas:

—Bravo, bravo! — gritei, me intrometendo na emoção alheia.

Nina quer tanto um bebê. Nosso filho.

Sinto um arrepio na nuca só em pensar que ela pode me deixar. Passo apressado na agência de turismo e compro o cruzeiro pelo Caribe que ela sonha em fazer. Para minha sorte, ainda há cabines disponíveis.

Olho o calendário para ver a data da partida e arregalo os olhos. *Meu Deus, hoje é o nosso aniversário de casamento!*

Vou fazer uma surpresa para ela: um jantar à luz de velas no seu restaurante preferido. Foi onde a pedi em casamento.

Já no carro, ligo e faço a reserva. Quanto tempo não a levo lá? Triste.

Ligo novamente porque esqueci de um detalhe: o violino e as flores.

Depois, vamos fazer safadezas em algum lugar, talvez no parque da cidade ou no muro do cemitério. Nina adora.

Fizemos isso tantas vezes durante o nosso namoro, mas, depois de casados, me acomodei no conforto do meu colchão caríssimo, com multifunções que, por pouco, não faz sexo com a minha mulher no meu lugar.

Você é um babaca, Nick, escuto a minha voz.

Tomado pela excitação, freio bruscamente, dou marcha à ré e entro no estacionamento do shopping. A vendedora me pega no flagra enquanto cheiro, de olhos fechados, um conjunto de calcinha e sutiã de renda preta.

—Vai levar?

Eu nem respondo, só balanço a cabeça num gesto afirmativo, com um sorriso esborrachado na cara.

Saio da loja com a lingerie na mão; não quis a embalagem. Percebo que o sorriso ainda está na minha cara e que algumas pessoas me olham, mas eu não ligo.

Vocês precisam ler o diário da Noelle, borboletas enclausuradas!, tenho vontade de gritar.

Aperto com força a lingerie na mão e imagino as safadezas que estou programando para hoje. Meu coração bate acelerado no peito, tomado por uma indescritível sensação de felicidade.

Nada, nem a satisfação de possuir um cargo alto na empresa, morar numa casa luxuosa, ter o carro do ano, se compara ao que sinto agora.

Nada.

Cheguei em casa apressado e percebi, pelo cheiro, que ela preparava meu prato preferido na cozinha. Com certeza, para me agradar, porque sabia que eu chegaria chateado.

Nina é assim, sempre preocupada comigo.

— Oi, amor. — Segurei seus quadris e a coloquei sentada sobre o balcão da cozinha. — Vamos fazer primeiro um menino, ou uma menina? — Beijei sua boca e tirei sua calcinha.

— Nick, o que deu em você? — Ela sorriu, surpresa.

Respondi com um "eu te amo muito" e mergulhei nela, libertando toda aquela paixão que havia deixado esquecida em algum lugar.

"Sai do casulo, Nick. Mostre suas belas asas para a Nina."

PRIMAVERA DE 2000

Mark

"Anotações do Mark"
Não tenho um diário como o das garotas, recheado de borboletas e corações. Mesmo assim, acho importante deixar registradas as transformações que ocorrem comigo.

Gosto mesmo é de matemática, não sou muito bom com as palavras. É difícil colocar um sentimento no papel. Difícil pra caramba.

No entanto, eu vou tentar. Quero abrir este caderno daqui a alguns anos e rir das bobagens que escrevi. Talvez sejam bobagens, mas são as coisas mais importantes que aconteceram comigo até hoje.

Escrevo porque não tenho coragem de falar sobre isso com ninguém: estou apaixonado. Descobri que eu amo a Sally.

No início, achei que era só amizade; afinal, ela é a irmã do meu melhor amigo.

Gosto do seu jeito de moleca, do seu sorriso e do modo carinhoso que me trata. É pequena, magra e cabe direitinho no meu colo. Já medi com os olhos.

Nick sempre reclama porque ela não desgruda da gente, mas eu adoro quando ela insiste e ganha a batalha. É muito marrenta e isso me deixa excitado.

Não deveria ter esses pensamentos rondando a minha cabeça, mas, sabe como é, os hormônios correm livres no meu sangue.

Sally tem a boca mais bonita que eu já vi: seus lábios formam um coração.

Uma boneca de cabelos cor de fogo, olhos azuis incríveis com cílios enormes e a boca coroando isso tudo.

No dia que ganhei o campeonato de natação, ofereci o troféu a ela e falei emocionado: "Obrigado por sempre me incentivar a seguir em frente. Você é a melhor amiga que eu poderia ter. Obrigado por estar na minha vida".

Foi tudo o que consegui dizer. Será que ela entendeu? O que eu poderia ter feito ao ver seus olhos azuis brilhando de felicidade? Ela estava feliz por mim, orgulhosa de mim!

Eu deveria tomá-la em meus braços e beijar seus lábios de coração, depois de dizer "eu te amo"?

Ah, merda! Perdi a oportunidade!

Ontem foi o dia do baile. Pensei que fosse me jogar aos seus pés quando a vi naquele vestido lilás.

Eu sabia que as *possibilidades* seriam poucas; Nick falava sem parar sobre o lançamento de um jogo de videogame, o lugar estava cheio e eu precisava ficar de olho nela. Não permitiria que aqueles garotos babacas se aproximassem da minha princesa.

Mas ela dançou, não com um, com vários, e aquilo estava me deixando nervoso.

Falei para o Nick ir caçar a sua borboleta e, quando olhei para a pista de dança, o babaca do Brandon dançava de rosto colado com o dela, alisando suas costas.

Ah, mas não vai mesmo!

Invadi a pista e a tirei de lá.

Sally ficou furiosa comigo quando a levei para o jardim. A noite estava linda e o jardim perfumado, era uma *possibilidade*.

Percebi que ela bebeu o ponche batizado; Sally apresentava sinais de embriaguez e caiu em cima de mim.

Eu me lembro das suas palavras:

— Eu ficaria confusa se você não estivesse aqui.

— Eu vou estar sempre com você, Sal — falei, estufando o meu peito de macho alfa.

Não sei se ela ouviu, muito menos se entendeu o que eu deixava subentendido nas minhas palavras.

Pelo menos, tive a doce sensação dos seus mamilos tocando o meu peito quando a levei no colo até o carro.

Seus braços em torno do meu pescoço.

Doce sensação.

Doces possibilidades.

Fiquei doente; outra crise de amidalite. A febre fazia meu corpo tremer na cama. Doutor Angel, o pai da Sally, disse que, na próxima crise, vai retirar minhas amídalas.

Eu tenho medo. Ouvi a história de um médico que não só arrancou as amídalas, mas cortou as cordas vocais de um garoto que ficou mudo.

Não sei se é verdade, mas o fato é que eu tenho medo. Odeio médicos, remédios e hospitais, talvez porque nunca tenha ficado doente, com exceção das malditas amídalas.

Mamãe me deu um comprimido e dormi abraçado ao Ted, meu amigão de quatro patas. Ele não sai da minha cama enquanto estou deitado, mas me olha do mesmo jeito que o cobrador de ônibus quando pulo a roleta para não pagar a passagem.

"E aí, vamos brincar na praia hoje?", ele me cobra.

Queria que a minha garota viesse me visitar. Dormi pensando nela, não sei se foi sonho ou delírio: Ted corria atrás de uma gaivota na praia enquanto eu e Sally rolávamos abraçados na areia. Eu me lembro dos beijos, do calor do seu corpo, do barulho das ondas e dela falando o meu nome: "Mark, Mark, Mark...".

— Mark, acorda! — Sally me sacudiu.

— O que foi? — perguntei fora do ar.
Ted me olhava, sentado na cama, com uma interrogação no meio da testa.
— Você está bem? — Colocou a mão no meu rosto.
— Só com um pouco de febre. — Fiz cara de dor para impressionar.
— Por que estava gemendo? Teve um pesadelo?
Sonhando com você, Sal.
— Não. Por que a pergunta? — disfarcei.
— Tendo sonhos eróticos, hein? — perguntou ela, dando uma risada safada.
— De onde você tirou isso, Sally?
— Você está excitado, Mark. — Apontou para o meio das minhas pernas.
Eu morri.
— É por causa da febre — justifiquei e puxei a coberta.
Ela me ignorou.
— Ted, seu gostosão! — Saltou sobre o meu cachorro e encheu o focinho dele de beijos.
Se eu aprendesse a latir e a abanar o rabo, será que ela faria isso comigo também? E ainda ficou de joelhos na cama, com a bunda para cima, balançando de um lado para o outro, enquanto Ted tentava se livrar dela.
Que cachorro idiota!
Como não ter pesadelos?
Como não ter ereção?
— Eu quero água — reclamei. — Cadê minha mãe?
— Foi ao mercado.
— Tem mais alguém em casa? — Pensei nas *possibilidades*.
— Não; ela pediu para eu cuidar de você.
Nem a febre, nem a dor de garganta me faziam esquecer as *possibilidades*.
— Deite aqui, Sal. — Bati na cama.

— Olha só esse cachorro maluco. — Ela se acomodou ao meu lado com o cotovelo na cama.
Ted tentava pegar um coelho do desenho animado; a TV estava sempre babada.
— Estou carente, quero um carinho. — Fiz cara de pidão.
— Não seja tão manhoso, é só uma dor de garganta. — Beijou minha testa e me fez um cafuné.
Aquela boca estava tão perto... Não sabia se me declarava antes, ou se partia logo para o beijo e me declarava depois.
— Sally... — Olhei nos olhos dela.
— MARK, seu bunda mole! — gritou ao entrar no quarto.
Nick, sempre o Nick.
— Levanta dessa cama e vamos jogar videogame. — Quicava a minha bolinha de tênis na parede.
— Hoje não, estou fraco. Sally está cuidando de mim.
— Meu pai disse que vai te operar na semana que vem — disse ele, rindo da minha desgraça.
— Eu não vou operar nada!
— Relaxa, cara. Ele só vai cortar fora suas amídalas, não suas bolas. — Deu uma gargalhada.
Sally riu também.
— E você, não vai rir da minha desgraça? — perguntei ao Ted.
Ted me ignorou e continuou a sua perseguição insana ao coelho.
Eles riram; eu também.
Ri de raiva.
Odeio você, Nicholas Jonathan Newport.

Doutor Angel falava com tranquilidade com aquela seringa imensa na mão.
— É uma cirurgia simples. Vou aplicar um spray que vai anestesiar a sua garganta, você não vai sentir a picada. — Sacudiu a seringa.

Olhei para Sally ao meu lado e percebi que estava tensa como eu; ela sempre pisca aqueles olhos quando fica nervosa.

— Vai ficar tudo bem, Mark.

— Hora de sair, filha.

— Eu quero ficar com o Mark.

— Tá bom. Coloque a máscara e o avental. Fique quieta e não atrapalhe.

Enquanto ela se preparava, eu a observava. Sally sempre esteve ao meu lado, segurando minha mão. Talvez por isso eu goste tanto dela.

Será que ela possui a combinação dos três fatores? Amiga, Mulher e Amante? Se for assim, nunca mais desgrudo dela. Meus colegas do colégio sempre comentam sobre o "Código AMA", que significa encontrar a mulher ideal.

— Pronto, já estou aqui. — Sally voltou e segurou minha mão.

Ela tem consciência da segurança que me passa, senão não agiria dessa forma.

Amiga, Mulher e Amante. Sally possui o "Código AMA"? Minha amiga eu sei que é, mulher ela é pra cacete, amante... só testando.

Olhei para ela e a comi com os olhos.

Só falta uma letrinha, Sally.

— Como está a garganta? Anestesiada? — perguntou o doutor Angel.

Deus! Se ele pudesse ler meus pensamentos, cortaria o meu pescoço. Eu estava pensando em como seria bom comer a filha dele.

Eu assenti.

— Feche os olhos e relaxe; não olhe para a agulha.

— Sim, doutor. — Minha voz saiu sussurrada, parecia que eu tinha engolido um trombone. Fechei os olhos e me concentrei no calor e na segurança que sinto ao segurar a mão dela.

Quando cheguei em casa e fiquei sozinho no meu quarto, testei a minha voz. Saiu um som meio esquisito, mas eu conseguia falar. Estava preocupado com a história do garoto sem as cordas vocais.

Bolei um plano para ter Sally perto de mim: bancar o mudo com cara de vítima. A garganta nem doía tanto assim, mas eu precisava pensar nas *possibilidades*.

Ela veio me visitar sem o Nick pé no saco para atrapalhar. Pedi papel e caneta: "não consigo falar", escrevi. "Cadê minha mãe?"

— Foi comprar sorvete para você. *Vai ser agora.*

— Ah, coitado! Posso ajudar você? *Pode, Sally. Beija a minha boca e diz que me ama.* Imaginei aquela boca linda colada na minha.

Escrevi bem grande: "não me deixe". Coloquei a mão na garganta e fiz cara de choro. Puxei sua mão e ela sentou ao meu lado na cama.

Inclinei meu rosto na sua direção e acariciei seu cabelo. Meu coração disparado no peito.

— Sally... — forcei minha voz.

Mamãe entrou no quarto com o pote de sorvete.

— Seu sabor preferido. Pode comer no pote mesmo. Vamos ver um filme juntos, Sally?

Sally ficou, minha mãe também. O Ted também, com seu olhar de cobrador.

Filminho da sessão da tarde. Elas comeram pipoca e eu tomei sorvete.

Ainda dói um pouco para engolir e dói mais quando percebo que sou um cara tímido e que as pessoas me atrapalham diante das *possibilidades*.

Que horrível! Ela está aqui ao meu lado e tudo o que sei é que nunca vai estar nos meus braços!

No final de semana, Nick trouxe o videogame e acampou aqui em casa.

— O *Diablo* nos espera.

Fim das *possibilidades*.

As *possibilidades* aumentaram quando combinamos com os colegas do colégio um lanche na Dream's e um cineminha depois.

Sally também foi, apesar de não pertencer ao grupo, e eu fiquei satisfeito quando ela venceu mais essa batalha contra o seu irmão. Tem horas que eu odeio o Nick. Ele magoou a minha princesa e ela quase desistiu de ir. Sentei entre os dois na lanchonete; não permitiria que ele continuasse a implicar com ela e fui logo dizendo para ele ir caçar uma borboleta.

Sally estava triste por causa das grosserias dele e com os olhos vermelhos; acho que chorou no caminho. Tive um ímpeto de abraçá-la e dizer que ela é a borboleta mais linda do mundo.

Já que eu não posso empanturrá-la com o meu amor, vou satisfazer seu estômago. Pedi seu sanduíche preferido com batatas fritas.

Quando limpei seus lábios de coração com o pretexto de retirar o molho que escorria, imaginei a minha língua desempenhando esse papel com toda a gentileza do mundo.

Bem, talvez nem com tanta gentileza assim, já que a pulsação entre as minhas pernas aumentava toda vez que eu usava o maldito guardanapo. Mantive o controle em nome da amizade.

Eu não prestava atenção ao que Nick falava. O pessoal da escola entrava e saía da lanchonete e, até hoje, não lembro bem quem compareceu ao encontro.

Tudo culpa da Sally.

Eu ficava imaginando quais seriam as *possibilidades* na hora de assistir ao filme:

Primeira: só pegar na mão dela e ficar calado, aguardando a sua reação. Se ela interpretasse como um gesto de amizade, eu ousaria um pouco mais.

Segunda: ousando um pouco mais, beijaria seu rosto e diria no seu ouvido: *você é linda*. Ela olharia para mim e eu beijaria aqueles lábios de coração que povoavam meus sonhos.

Terceira: aí eu não sei, dependeria da reação dela. Provavelmente eu levaria um tapa e Nick mandaria a gente ficar quieto porque ele queria ver o filme.

Mandão e bobão. Não sabe de nada.

Saímos da lanchonete de mãos dadas, minha mão suada na dela. Eu adoro, parecemos namorados. Só parecemos, infelizmente.

Nick desistiu do cinema porque não conseguiu caçar uma borboleta para lhe fazer companhia. Sally insistiu, dizendo que queria muito ver o filme e uma voz gritava dentro de mim:

Eu vou, eu vou, não importa se o filme é de guerra, ficção, culinária ou qualquer outra merda de tema sem sentido.

Na verdade, eu não sabia nem o nome do filme; só queria declarar meu amor no escurinho do cinema.

Eu ia dizer: "eu levo a Sally para casa depois do filme".

Mas Nick falou antes:

— Vamos jogar videogame.

Eu me odiei. *Se quer conquistar uma garota, seja rápido, seu palerma.*

Odiei o Nick também.

E videogames.

Nada como uma boa noite de sono, sonhando com os lábios da minha garota.

Minha garota... quem sabe?

Charles, meu primo que mora em Nova Iorque, veio passar uns dias em Pismo Beach. Eu gosto dele, temos a mesma idade, mas é meio besta só porque mora em Nova Iorque.

Eu não o invejo e isso ficou claro quando estávamos no píer e ele admirava o pôr do sol.

— Que coisa fantástica!

— Você nunca viu um pôr do sol?

— Não. Nova Iorque é cercada de prédios, mal dá para ver o céu.

— Cacete! Como isso é possível?

— Talvez eu nunca tenha prestado atenção.

Charles está com o coração partido porque a namorada descobriu seus bilhetes. Ele explicou que a moda no colégio são os "bilhetes secretos" que os colegas trocam entre si, sem saber com quem estão falando.

A brincadeira consiste em escrever um bilhete anônimo e colocá-lo debaixo da mesa. Quem estuda no outro turno faz a mesma coisa. E a troca de mensagens começa.

Vale falar qualquer coisa e, como os garotos são uns babacas, escrevem mensagens de amor, sem nem saber se quem vai ler é uma garota.

A correspondência dele com uma menina durou dois meses, até que um garoto imbecil descobriu e resolveu trocar todos os bilhetes que achou debaixo das mesas.

Deu merda, é claro. A namorada dele descobriu e terminou o namoro.

Eu achei a ideia interessante; posso desabafar sobre o que estou sentindo sem que a pessoa saiba quem sou. Não divulguei para a turma porque fiquei com medo que pudesse acontecer a mesma coisa. Garotos imbecis existem em todos os lugares.

Escrevi o primeiro bilhete e aguardei. Todos os dias, eu olhava debaixo da mesa e ele ainda estava lá.

Hoje alguém respondeu. Fiquei ansioso para ler e descobri, de cara, que é uma menina; o papel é bem feminino.

É bom conversar com ela. Escreve bem, é romântica e, de vez em quando, envia um poema. Ela sofre do mesmo mal que eu: está apaixonada e seus bilhetes são escritos como se fizesse uma declaração de amor a ele.

Talvez eu até me apaixonasse por ela, se meu coração já não estivesse tomado por Sally. Nossas conversas duraram até o final das aulas, antes do início das férias de verão.

Eu gosto de visitar Thomas no bosque Monarch Butterfly. Ele é tipo um guarda florestal e mora num chalé dentro do bosque. Apesar de ter mais que o dobro da minha idade, gostamos de conversar na varanda depois de um dia de trabalho. Consertamos algumas coisas, limpamos em torno do chalé e, com ele, dei os primeiros passos na marcenaria.

Thomas vive recluso como um ermitão. Além de mim, nunca vi ninguém por lá, a não ser o entregador do mercado. Descobri que ele sofre por amor, um amor não correspondido. Não disse muita coisa, mas pude perceber que dói, quando vi seus olhos marejados.

Mais tarde, debaixo do chuveiro, questionei se o tal do amor é bom ou ruim, já que às vezes faz as pessoas sofrerem.

Amor... Sally... Deslizei a mão no peito sob a água.

... Sally... Desci até o meio das minhas pernas.

... Sally... Gemi.

— MARK! — Nick abriu a porta do banheiro.

Porra.

Saí do chuveiro nu e excitado. Nick me olhou, jogou a toalha em cima de mim e fez uma observação idiota:

— Deus quando fez o homem estava de mau humor. Que coisa feia!

Usou o meu desodorante.

— Preciso de você. Vamos ao shopping; quero comprar um jogo novo — falou com sua voz de mandão.

Abaixou as calças e fez xixi no meu vaso.

— Tenho uma novidade para contar: vou passar as férias no Texas, na fazenda do tio Emery. Quero levar o videogame porque lá não tem muita coisa para fazer.

— Sally vai também?

— É claro que não. Aliás, tem o que fazer, sim: cavalos, tomar banho de rio e garotas, muitas garotas — disse, se gabando.

As possibilidades, pensei, ignorando o que ele falava.

Yesss, estou de férias! *Yesss*, Nick viajou para o Texas! Eu paralisei.
Sinto um certo medo de me aproximar dela. Agora que podemos ficar sozinhos, estou inseguro.
Durante a semana, visitei Thomas no bosque e iniciei uma conversa a respeito do assunto, como se falasse de outra pessoa.
— Esse seu amigo está desperdiçando a chance de ser feliz. Diga a ele para se declarar; o amor é a melhor coisa da vida. Se ela não aceitar, paciência. Vocês são jovens e se apaixonam com facilidade nessa idade.
Curvou o corpo e me olhou.
— Não faça como eu que me fechei num casulo e esqueci que borboletas precisam voar. Você tem o direito de ser feliz, ela também. Juntos, melhor ainda.
Ele sabia que eu estava falando de mim.
Thomas viajou para a Flórida. Vai passar o verão lá e deixou a chave do chalé comigo:
— Cuide dele, é seu também. — Apertou meu ombro e entrou no carro.
Sentei no degrau da varanda e meu coração apertou quando ele se afastou. *Estou sozinho agora.*
Sozinho? Vou levar o Ted para brincar na praia.
Ted ficou exausto nos dias que se seguiram; nunca havia jogado tanta bola na vida. Morto de cansaço, se escondia debaixo da cama e eu tinha que puxá-lo de lá na hora de dormir:
— Vem, amigão. Vem dormir com o papai.
Agradecido, ele lambia meu rosto.
Ah... tá bom! Vou procurar por ela.

Opções:

1 – Cinema, lanche, jantar fora: não, vai ficar muito evidente. Não posso me declarar logo de cara, tenho que ir devagar.

2 – Jogar bola com Ted na praia: não, Ted vai atrapalhar e ela só vai dar atenção para ele.
3 – Passeio no shopping: não, Sally odeia shopping, vai recusar na hora.
4 – Ir ao bosque e mostrar o chalé do Thomas: não. Depois que eu entrar no chalé com ela, não sei se vou conseguir sair. *Não seja abusado, Mark.*
5 – Pescar no píer ou no lago: talvez, mas vamos ficar com cheiro de peixe, ela vai furar o dedo no anzol e isso tira todo o romantismo.
6 – O lago: isso, vamos dar pão para as aves do lago.

Juntei todos os pães que achei em casa e comprei mais alguns. Sentamos na beira do lago e conversamos sobre coisas às quais nem prestei atenção. Estava tentando lembrar as palavras que ensaiei.

Essa minha timidez ainda vai me arruinar.

Ela me olhou com tristeza e disse que eu não gostava dela, só do Nick, porque não ia mais na casa dela desde que ele viajou.

— Senti sua falta, Mark. — Fez beicinho com aqueles lábios de coração.

Ah, meu Deus! O que foi que eu fiz?

Todo atrapalhado, sem saber como começar a linda declaração de amor que ensaiei na frente do espelho, eu disse emocionado:

— Desculpe, eu não sabia... eu não queria... eu quero... eu te amo...

Derramei meu amor sobre ela, num beijo apaixonado. Sally retribuiu o beijo e eu me senti o homem mais feliz do mundo.

Nós nos beijamos a tarde toda, como se fizéssemos isso sempre, como se fôssemos namorados há anos, como se a hora desse beijo já tivesse passado e agora recuperávamos o tempo perdido.

A boca da Sally era tudo o que imaginei e um pouco mais. Como pude viver tanto tempo sem ela?

Esquecemos as aves, os pães, a vida. Éramos só nós dois e, de vez em quando, eu interrompia o beijo só para olhar seu rosto, para ter certeza de que não era um sonho.

A neblina sobre o lago acentuava a magia do momento. Nós nos encontramos todos os dias no mesmo lugar e, quando a deixo em casa, meus lábios estão ardendo.

Os beijos já não nos satisfazem mais. Amor é pertencimento e eu quero Sally toda para mim. Passamos a nos tocar, a descobrir nossos corpos. Eu a desejo demais e ela corresponde aos meus desejos.

Mesmo assim, adiei. Sally é virgem e eu descarrego toda a minha energia debaixo do chuveiro.

Então, ela sussurrou que queria ser minha, enquanto eu moía seu corpo contra a árvore. Rosnei feito um bicho, quando a toquei com os dedos e senti o quanto estava molhada.

Eu a levei para o chalé do Thomas. Minhas pernas tremiam e o coração batia na boca, quando tranquei a porta. Talvez não fosse a decisão certa... tentei fazê-la desistir, refletir sobre o passo que estávamos dando. Podíamos esperar um pouco mais.

Não, não podíamos. Quando fechei a porta do chalé, percebi que não seria possível. Nenhum dos dois queria isso.

Fizemos amor no tapete da sala, com pressa, famintos um pelo outro.

Não sei dizer se foi o dia mais feliz da minha vida, porque nos dias que se seguiram fui levado ao paraíso tantas vezes, que perdi o caminho de volta.

Eu a olhava e me perguntava se, em algum momento da minha vida, havia experimentado uma sensação tão maravilhosa e já sabia que a resposta era não. Pela primeira vez, entendi o que era estar apaixonado.

Sally possui o "Código AMA" e eu quero passar a minha vida ao lado dela. É minha amiga e confidente, conversamos sobre tudo e tomamos decisões importantes. Uma delas diz respeito a não engravidar agora. Comprei algumas camisinhas, mas ela não gostou da sensação.

Sally diz que incomoda e que vai acabar engravidando, porque eu me atrapalho na hora de colocar. Ela não tem paciência de esperar e eu acabo jogando essa merda no chão e me atiro sobre ela cheio de desejo.

Optamos pela pílula e ela a esconde dentro de uma caixinha, debaixo do chalé do Thomas.

Sei que sou impetuoso e, às vezes, inconsequente, mas nada me deixaria mais feliz do que ver Sally exibindo sua barriga de gravidez, carregando meu filho. Um pretexto para me casar imediatamente com ela.

Sally me tira dos meus devaneios. Ela é mais madura do que eu e tenho que me contentar apenas em saber que ela é minha. Minha marrentinha. Gostosinha. Toda minha.

Um bolo especial.

Sally quis fazer um bolo e exibir seus dotes culinários. Eu me aproximei dela na cozinha do chalé e a abracei por trás.

— Quer ajuda? — Colei meu corpo no dela.

— Não. Vá arrumar o que fazer. — Ela me empurrou com a bunda. — É um bolo especial, receita de família.

Resignado, eu varria o jardim, enquanto a ouvia cantar na cozinha. Parei por alguns instantes e imaginei nós dois vivendo juntos, uma família cheia de amor, com quantos filhos ela quisesse ter.

— Mark, socorro!

Larguei a vassoura e corri. Pelo grito, um leão havia invadido a casa. Olhei em volta quando cheguei na porta da cozinha.

— Pelo visto, nevou aqui dentro em pleno verão. — Cruzei os braços olhando sério para ela.

—O liquidificador explodiu, amor — falou com os olhos arregalados, coberta por uma nuvem branca, que se espalhava no chão e na bancada.

—O que você fez, Sally?

—A-acho que foi a co-colher...

—Que colher, Sally?

—Eu... esqueci dentro do liquidificador, eu acho. —Apontou para o que sobrou dele. —Eu estava preparando a cobertura de merengue, deliciosa...

Seus olhos se encheram de lágrimas.

Nossa! Como eu amo essa garota!

—Deliciosa? Quero provar. — Lambi seu rosto. — Huhum... está uma delícia!

Sally estava só de avental, sem nada por baixo, coberta de merengue.

—Sabe o que vai acontecer agora? Você vai limpar essa bagunça — falei sério, mantendo a pose de durão.

Patinei no chão da cozinha e fui em busca de um pano.

—Toma aqui, comece pelo chão.

—Desculpe, amor. —Piscou aqueles olhos azuis que me deixam doido.

—De joelhos, Sally. Pode começar a limpar.

Ah, de joelhos, com a bunda de fora, naquele avental indecente!

Passei a mão sobre a bancada, retirei uma boa quantidade de merengue e esfreguei no corpo dela.

—Vou provar mais um pouco. —Ajoelhei atrás dela e meu pau apontou na sua direção, assim que abaixei a bermuda.

Ela gemeu se entregando para mim.

Comer Sally com merengue foi de pirar a minha cabeça, eu queria mais.

—Vamos para o banho, mocinha. —Todo melado, mantendo a pose de durão, eu a levei para o chuveiro.

— Quero te contar uma coisa... — sussurrou ela no meu ouvido.

— Fala, amor. O que você quer? — Todo derretido me esfreguei nela, disposto a buscar uma estrela no céu, se esse fosse o seu desejo.

— O bolo vai queimar... Dei um pinote e corri até a cozinha, apaguei o forno e voltei na mesma velocidade.

— Pronto, amor. Onde nós paramos? — Colei seu corpo nos azulejos e acariciei seus seios.

— Na hora que você ia dizer que me ama muito e fazer amor comigo de novo.

Felicidade é:

» ver que nenhum leão apareceu na cozinha;

» ver que o liquidificador explodiu;

» comer Sally com merengue;

» tomar banho com ela e me sentir um sortudo;

» comer bolo solado depois de fazer amor gostoso no chuveiro;

» amar Sally do jeito que eu quiser;

» sentir que ela adora as loucuras que eu faço.

Da próxima vez, *eu* coloco a colher no liquidificador, ela não vai nem ver.

A cozinha? Limpamos amanhã, já está na hora de voltar para casa. Vou pensar em algo bem criativo. Fazer amor no meio das bolhas de sabão vai ser do cacete!

Fiquei feliz ao rever Thomas. Ele nos encontrou namorando na varanda.

Confesso que nem tão feliz assim; o paraíso agora não é mais nosso.

Procuramos lugares para manter a nossa intimidade, mas no bosque, entre as árvores, era perigoso, porque alguém poderia nos ver.

Passamos uma tarde juntos aqui em casa no dia que meus pais foram à Los Angeles, com Ted arranhando a porta, pedindo para entrar.

Eu me tornei um perito em escalada quando Sally sugeriu que eu passasse as noites com ela no seu quarto. Esmaguei algumas rosas da trepadeira no caminho, mas tudo é perdoável em nome do amor.

Parecíamos dois animais no cio. Na cama, de pé na parede, debruçados na mesa, de joelhos no chão. Aprendemos a não fazer barulho e a taparmos a boca um do outro na hora do orgasmo. E ríamos disso depois.

É o medo do amanhã não ser possível, então queremos tudo agora.

As *possibilidades* agora eram outras e elas acabaram quando Nick voltou do Texas, com muitas novidades para contar.

Eu sentia tanta falta dela!

Conseguimos fugir algumas vezes, não para fazer amor, mas para conversar, tentar achar uma solução. Eu queria trabalhar, ganhar o suficiente para ter um lugar, qualquer lugar, contanto que pudéssemos ficar juntos.

Pedi que ela se casasse comigo, disse que íamos dar um jeito e que eu podia fazer a faculdade depois.

Ela não quis; disse que meus pais não iam aceitar, nem os dela, que a minha vaga para cursar ciência da computação já estava garantida.

Perguntei qual era a solução, mas ela balançou a cabeça e disse: *eu não sei.*

Não gostei do jeito que ela me olhou e perguntei o que estava acontecendo. Ela veio com uma conversa doida, dizendo que vou me afastar dela ao entrar na universidade, que vou ter outras namoradas.

Fizemos amor no quarto dela. Ela sentada no meu colo e eu implorando que reconsiderasse todas as besteiras que havia falado.

Surgiu uma nova oportunidade. David, um colega de turma, me convidou para uma festa na casa dele, dizendo que essa seria a "verdadeira festa de despedida do colégio", já que seus pais estavam viajando.

Nick ficou animado com a ideia e eu convenci Sally a ir também. Quando chegamos, o som já rolava alto, além de uma quantidade grande de bebidas.

Eu não estava muito no clima, envolto na tristeza da crise em meu relacionamento e na expectativa da nossa separação, quando eu partisse para Los Angeles.

Nick, assim que chegou, se empenhou em conquistar Nina, uma morena muito simpática que mordiscava seu coração.

— Você convidou minha irmã, então você toma conta dela — falou ao se afastar. Não vi mais o Nick pelo resto da noite.

Nós ficamos sentados na varanda, conversando com alguns amigos. Eu queria ficar sozinho com ela, mas Sally se mostrava distante e indiferente.

— Olha quem está ali! A Francis já voltou de Londres! Vou lá falar com ela. — Sally se levantou e me deixou na mesa com as outras pessoas.

Eu fiquei chateado e resolvi beber alguma coisa. Encostei no bar da piscina; naquela noite de despedida, a festa pulsava com risos e abraços. Consumi mais do que planejava, afogando minha tristeza e a saudade que a universidade distante traria dos meus amigos, da minha família, da Sally...

Ela não dava sinais de interesse em conversar comigo. Grudou na amiga e nem olhava para mim.

Eu sentia certa melancolia ao olhar os rostos conhecidos que, num tempo futuro, talvez nem me lembrasse mais. Vida que segue.

A festa transcorria alegre e eu me deixei levar pela névoa do álcool e pela música. Quando olhei novamente à procura dela, Sally não estava mais lá.

Dane-se. Ela já está bem grandinha e sabe se cuidar. Vou curtir a festa.

Uma garota se aproximou como uma sombra, dançando nos limites da minha percepção já alterada. Nossas palavras se entrelaçaram em meio ao burburinho da festa e ela lançou sutis insinuações, criando uma teia de sedução ao nosso redor.

Com um sorriso intrigante, ela me ofereceu uma bebida.

— Parece que a noite está cheia de despedidas, não é?

— Como vai, Darlene? É verdade; a vida é cheia desses momentos agridoces.

— Mas, e se pudéssemos tornar essa despedida um pouco mais memorável? Uma última lembrança para levar com você?

— E o que você sugere?

— Uma bebida especial para celebrar. — Ela me entregou o copo.

— Vamos lá, um brinde ao futuro! — Brindamos e bebemos.

A conversa se aprofundou enquanto o álcool fluía e as luzes da festa dançavam ao nosso redor. À medida em que a noite avançava, os toques sutis e olhares sedutores se intensificavam. A música criava uma trilha sonora para um jogo perigoso.

O diálogo entre nós, carregado de insinuações, produzia uma tensão palpável que parecia pulsar no ar.

Afinal, era Darlene Glória, uma garota muito cobiçada, dando em cima do campeão de natação da escola. Que mal havia nisso?

— Vamos para um lugar mais tranquilo? — convidou ela.

— Por que não? A festa está barulhenta.

Ela me levou para um dos quartos, a tensão aumentando, enquanto a bebida obscurecia meu discernimento. Eu já havia bebido antes, mas aquela sensação era nova para mim.

— O que tinha na bebida que você me deu? — Eu me joguei na cama.

— Pó de pirlimpimpim — disse ela e me beijou; se esfregou, sentada em cima de mim.

Fechei os olhos e senti o quarto rodar.

— Sally, meu amor...

De repente, a porta do quarto abriu com força, provocando um estrondo ao bater na parede.

— O que está acontecendo aqui? Essa noite promete! — David soltou uma gargalhada.

No mesmo instante, o transe alcóolico se dissipou e eu vi Darlene em cima de mim.

— Sai! — gritei e a afastei.

— Ah, Mark. Vai me dizer que não estava gostando...

— O que você botou na minha bebida? — Coloquei a cabeça para fora da cama e vomitei no chão.

— Se a Sally souber disso... — comentou David, rindo quando saiu do quarto. Darlene foi atrás dele.

Eu levantei e lavei o rosto, tentando raciocinar e trazer a realidade de volta.

Procurei Sally por todos os cantos e não a encontrei, nem o Nick. Quanto tempo se passou? Será que eles tinham ido embora? Isso nunca aconteceu. Nós chegávamos e saíamos juntos.

Ao acordar no dia seguinte, uma ressaca emocional havia se instalado e o peso da culpa caiu sobre os meus ombros como uma âncora. A lembrança embaçada dos eventos da festa, agora mais nítidos, me deixaram em um estado de desespero e condenação.

A culpa, como uma sombra persistente, pairava sobre cada pensamento, cada lembrança. Como pude me permitir ser arrastado por aquela dança perigosa de sedução? Os ecos do diálogo, dos risos, da cumplicidade que compartilhei com Darlene persistiam, cada palavra pronunciada, agora num tom acusador.

A traição não foi só contra a minha namorada, mas contra a confiança que depositaram em mim.

A imagem do David que, sem querer, se tornou testemunha do que aconteceu, ecoava na minha mente. Como encarar alguém que se viu envolvido em uma situação causada pela minha falta de discernimento?

Cada pensamento, cada lembrança, eram pontuados por um nó no estômago, uma manifestação física da culpa que me consumia.

O dia se arrastava e eu não saí da cama nem para jogar bola com o Ted. Eu só queria dormir e apagar tudo o que havia acontecido.

No dia seguinte, fui até à lanchonete espairecer e tomar um sorvete no final da tarde. Sentei na mureta e procurei me distrair com o vaivém das pessoas. David se aproximou.

— Precisamos conversar, Mark. Não sei o motivo de você fazer segredo do seu namoro com a Sally. Eu não comentei com ninguém; só eu e Darlene sabemos.

— Por que você não vai cuidar da sua vida? O que está acontecendo, David?

— Sobre a festa de despedida... vi o que aconteceu no quarto.

— O que você viu? Eu mal me lembro do que aconteceu.

— Não era a Sally no quarto com você. Era a Darlene.

Eu me levantei e o segurei pela camisa.

— Eu sei disso. E você? Sabia? Foi algum tipo de joguinho sujo para me afastar dela?

— Mark, eu contei para Sally... ela merecia saber a verdade.

— Você fez o quê?! — Perdi a calma e soquei a cara dele. — Não sou um covarde como você, eu ia contar tudo a ela. Por que você fez isso?

Debrucei sobre ele no chão e o segurei de novo pela camisa.

— Você e aquela Darlene armaram para cima de mim, para me afastar da Sally? Você sabia disso o tempo todo? Responde!

— Mark, eu... era só uma brincadeira... foi um erro.

— Erro? Você é tão culpado quanto ela! Como pôde fazer isso comigo e com a Sally?

— Eu sei que errei; só queria te contar antes que as coisas piorassem.

Larguei o David no chão e saí da lanchonete furioso. Precisava me preparar para a difícil conversa que, mais cedo ou mais tarde, teria com a Sally.

Ela me ligou no dia seguinte e combinamos um encontro num café próximo.

Sentamos de frente um para o outro; o clima estava tenso, carregado com a urgência de abordar o que havia acontecido.

— Precisamos conversar — disse ela, sem erguer os olhos da xícara.

— Sim, acho que precisamos — respondi com nervosismo na voz.

Um silêncio desconfortável se estabeleceu.

— Um colega me contou o que você fez.

— Eu... não sei nem por onde começar. Foi um erro terrível, me desculpe.

— Você não percebe o que fez? Como isso aconteceu?

— Eu estava vulnerável, o álcool, as circunstâncias... Não é uma desculpa, mas eu estava confuso e as coisas saíram do controle.

— Não sei se posso superar isso. Foi uma traição.

— Preciso que entenda que eu não tive nada com aquela garota. David, ao entrar no quarto, me fez perceber que não era você comigo, que era outra pessoa. Fui enganado tanto quanto você.

— Como posso acreditar nisso? Parece uma desculpa esfarrapada para uma traição.

Olhei nos olhos dela e falei com sinceridade:

— Eu sei e entendo se isso for irreparável, mas quero que saiba que nunca quis machucar você. Quanto à traição, talvez, mas não se esqueça que você me descartou sem motivo nenhum. O fato de eu ir para Los Angeles, não justifica a sua atitude.

— Por que não me contou logo?
— Eu estava tentando entender o que aconteceu. Fiquei tão envergonhado que precisei de um tempo para processar. Mas, desde que descobri, tenho sentido culpa e medo de perder você.
— Isso é muito difícil de acreditar...
— Eu entendo. Se precisar de um tempo, vou respeitar. O que aconteceu foi um erro terrível e estou disposto a fazer o que for preciso para reconstruir a confiança entre nós dois.
— Preciso de tempo para processar isso, não sei o que pensar agora.
— Eu entendo como isso pode ser difícil para você. Vamos encontrar uma maneira de lidar com isso juntos, se você quiser.

O café permaneceu intocado entre nós, assim como a dor palpável da traição. A conversa continuou, marcando o início de uma jornada incerta de arrependimento e, talvez, de perdão.

Tempos depois, eu me encontrava quase explodindo de ansiedade e saudade dela. No entanto, eu tinha que respeitar o tempo de que ela precisava para superar aquele pesadelo.

As aulas dela já começaram e pouco falei com ela.
Sem lanches ou cinema. Sem lago ou píer. Sem chalé.
Sem ela.
E percebi que estou morto por dentro.
Sally me levou ao paraíso para depois me jogar no inferno.
Lembrei da minha correspondente da escola. Ela é mulher, talvez possa me ajudar. Será que ela respondeu o meu bilhete depois que me identifiquei? Eu precisava desabafar com alguém e pedi a ela para conversar pessoalmente.

Eu aguardava o início das aulas na universidade e fui até o colégio. Inventei um pretexto para entrar na sala e Caroline estava no mesmo lugar que eu havia ocupado, antes de me formar. Olhei debaixo da mesa, lá estava o bilhete, no delicado papel.

"Você rompeu o nosso trato a partir do momento em que se identificou. Não vou escrever mais."

Não gostei do que li; ela me abandonou quando quebrei as regras, mas descobri que quem escrevia os bilhetes era a garota mais bonita do colégio: Caroline. Investi nela para esquecer Sally. Eu precisava sair do fundo do poço e nada melhor do que uma garota bonita e sexy para me ajudar a lamber as feridas.

Meu pai me deu um carro de presente quando comecei a cursar a UCLA. Queria que Sally soubesse, talvez agora ela pudesse reconsiderar.

Parei o carro no portão e buzinei. Noelle veio ao meu encontro.

— Olha só, mais um motorista para atropelar as pessoas na rua — comentou ela, sorrindo.

— Sally está em casa? Queria mostrar a ela.

Sally vinha logo atrás.

— Mark, que carro legal! Novinho! — vibrou, batendo palmas.

Sorri com tristeza ao perceber que, mesmo separados, ela fica feliz todas as vezes que conquisto algo.

— Quer dar uma volta? Tenho novidades para contar da faculdade.

— Vá, Sally. Aproveite a companhia do seu amigo. Hoje está um dia lindo de domingo e você quase não sai de casa.

— Vem também, Noelle — convidei, torcendo para ela recusar.

— Estou cuidando do jardim, fica para a próxima.

Sally não falou uma palavra durante o passeio. Estacionei na praia, procurando um lugar que não tivesse ninguém. Desliguei o carro e me virei para ela.

— Gostei de ver a sua vibração quando viu o carro. Eu me lembrei de quando eu vencia um campeonato de natação e você agia da mesma forma.

— Eu fico feliz quando você está feliz. É só uma forma natural de me expressar quando vejo que um amigo conquistou alguma coisa importante.

— Só isso? Tem certeza?

Ela não respondeu e desviou os olhos para o mar.

— Sally, eu só quis mostrar o carro para você saber que agora eu posso ir e voltar todos os dias da faculdade. Vai ser cansativo, mas não me importo.

— Ficou maluco? São três horas de viagem! Seus pais não vão aceitar!

— Não me importo se eles vão aceitar ou não. Tomei outra decisão, Sal. Hoje à noite vou falar com seus pais. Quero me casar com você e te levar para Los Angeles.

— Ficou maluco de vez? Você está namorando a Caroline e eu acabei de receber a notícia de que fui aceita na faculdade de San Luis Obispo para cursar literatura.

— Eu não amo a Caroline. Eu amo você.

Debrucei sobre ela e beijei sua boca. Como sempre, nos incendiamos no primeiro beijo.

— Eu te amo, eu te amo, eu te amo... — Abaixei o banco e me deitei sobre ela.

— Mark, não...

As palavras que saíam da sua boca não combinavam com seus gestos. Ela me apertava contra o seu corpo e buscava minha língua.

— Sim, Sally, sim...

Fizemos amor com gosto de saudade. E como se fosse combinado, o orgasmo veio junto, forte, fazendo meu corpo estremecer sobre o dela. Continuei onde estava, não queria me afastar.

— Vamos embora, Mark.

— Não, agora não. Vamos ficar mais um pouco. — Vi os vidros embaçados do carro.

Eu me senti no paraíso novamente. Nenhuma outra me fazia sentir assim.
 — Já vou indo. — De repente, ela se recompôs e arrumou o cabelo.
 — Espere, amor. Vamos conversar, eu vou falar com seus pais.
 — Você não entende que isso é impossível? Para de sonhar, Mark! Sai dos seus devaneios!
 — Como pode dizer uma coisa dessas? Nós acabamos de fazer amor e você...
 — Fazer amor é uma coisa; querer o impossível é outra.

Já havia escurecido e aquele trecho da praia não tinha iluminação. Ela colocou a mão na porta do carro.
 — Eu vou embora.

Segurei seu braço.
 — Não vai, não.

Mesmo no escuro, eu via o brilho dos seus olhos.
 — Eu estou namorando o Brandon.

Eu sabia que era mentira. Brandon trabalhava na lanchonete que eu frequentava com Caroline nos finais de semana, e ele namorava uma garota de lá.
 — Ah... o Brandon. É só beijo na boca, ou vocês fazem sexo? — Entrei no seu joguinho.
 — Não é da sua conta.
 — Ah, me conta, vai. Eu conto sobre o meu namoro com a Caroline.
 — Não estou interessada — disse ela com raiva.

Por que ela estava fazendo isso? Se entrega toda para mim, faz amor comigo como nenhuma outra sabe fazer e insiste em me jogar no vazio?
 — Escuta aqui, gata marrenta. — Fiquei com raiva e subi nela.

A raiva aumentou ao lembrar do Brandon acariciando suas costas no baile.

— Ensine ao Brandon como fazer você feliz. — Deslizamos para o banco de trás.

— Eu te odeio. — Beijou minha boca.

— Eu também te odeio. — Mordi seu lábio.

Fizemos um amor brutal. Ela arranhava as minhas costas e me mordia. Puxou com força o meu cabelo, até me ouvir gemer. Agarrei seus ombros com brutalidade, chupei seu pescoço com vontade, mordi seus seios, sua bunda, suas coxas. Amanhã quando ela se olhar no espelho, vai encontrar algumas lembranças do nosso amor.

Alguma energia nela fazia os meus instintos mais primitivos aflorarem. Eu não conseguia parar; com ela eu sempre queria mais e mais. Por alguns instantes, apreciei aquilo tudo ali para mim.

— Você é minha, não se atreva... — sussurrei.

Segurei seus quadris e a preenchi totalmente. A cada investida, eu via perfeitamente que tínhamos sido feitos um para o outro, que a nossa química era imbatível, que esse amor era para vida toda.

— Casa comigo, amor? — Beijei seus olhos, sua testa, suas bochechas.

Ficamos abraçados, murmurando palavras de amor. De repente, a doida teve um chilique e levantou como se tivesse levado um choque.

— Vou para casa.

— Espere, eu vou te levar...

— Não precisa, vou caminhando. Volte para sua Caroline e me esqueça.

— Eu sei que você me ama! Por que está fazendo isso?

— Porque você é "comestível". Foi isso que a Darlene falou a seu respeito!

— Fora! Sai do carro! — gritei. — Você está me usando, Sally? Ruivinha dos infernos! — Soquei o volante.

Sally foi embora e eu fiquei olhando o vazio.

Acho que a minha mente está com pena do resto do meu corpo. Ela aciona aquele botão mágico e o sono vem, desligando tudo. Agradeço e mergulho no abismo da escuridão sem Sally.

Caroline é uma garota quente. Transamos no carro, na praia à noite.

Tento esquecer Sally, juro que tento.

OUTONO DE 2001

Mark

Ah, que ano difícil! Era 11 de setembro de 2001.
Grudei os olhos na TV, sem acreditar no que via.
O World Trade Center. Uma tragédia, um ato de terrorismo insano que nunca seria esquecido. O mundo inteiro ficou abalado e jamais seríamos os mesmos.
O presidente George W. Bush na TV: "Nós nunca esqueceremos". Uma frase que ficou na minha memória.
O telefone tocou; era minha tia, aos prantos:
— Ah, meu querido! Eu lamento muito!
Meus pais tinham ido visitar meus tios, passear e fazer compras em Nova Iorque. Meu tio era um dos chefs do restaurante Windows of the World, no centésimo sexto andar da torre norte do World Trade Center.
Mamãe comentou comigo, na véspera da viagem, toda feliz: "Vamos almoçar com seu tio e ver toda Manhattan lá de cima".
— Não sabemos, ainda não sabemos de nada. A cidade está um caos, mal consigo ver do outro lado da rua... fumaça... poeira... — Tentei assimilar as palavras dela.
— Eu estou indo, tia.
— Não seja louco! O espaço aéreo está fechado, os voos foram todos cancelados. Só nos resta esperar... Meu marido querido... seu tio, seu pai, sua mãe. Que horror, meu Deus!
O tempo passava numa lentidão angustiante, eu não saía de perto da TV e do telefone. Tinha a impressão de que o mundo havia

virado pó e a história de todos nós estava dividida entre o antes e o depois daquele onze de setembro.

"Nós nunca esqueceremos." A voz do presidente lamentava todos os dias nos meios de comunicação.

Recebi os corpos no aeroporto de San Luis Obispo num triste dia de chuva, em um único caixão que, é obvio, não me deixaram abrir. O portador me entregou um envelope com dois cordões e um bilhete da minha tia.

"*Essas medalhas facilitaram a identificação; guarde com amor.*"

Duas conchinhas de ouro gravadas com o nome dos meus pais que eles não tiravam do pescoço. A concha é um dos símbolos de Pismo Beach.

Soube depois que eles ficaram presos, sem acesso às escadas dos andares inferiores e o que acabou de me arrebentar por dentro é que foram encontrados abraçados. Melhor que fossem enterrados assim, juntos. Eles viveram a vida inteira juntos, desde que se conheceram.

Não havia muito o que fazer. Noelle e Thomas, ao meu lado o tempo todo, cuidaram de tudo. Eu não tinha mais lágrimas para chorar; enterrava com eles partes importantes da minha vida.

— Eles foram felizes, meu querido. Muito felizes. — Noelle me abraçou, Thomas apertou meus ombros e eu desabei de novo.

Tempos depois, eu olhava o cheque do seguro de vida de oitocentos mil dólares sobre a mesa, ao lado da minha xícara fumegante de café. Eu pagaria muito mais para tê-los comigo novamente. Quanto vale a vida de um ser humano?

Abracei meu labrador preto, já com as barbichas brancas.

— Ted, meu amigo. — Peguei-o no colo e o levei para cama, me aconcheguei nele e dormi.

Eu ansiava por aconchego, alguém que segurasse a minha mão, que me desse carinho e me ajudasse a curar as feridas da minha alma. Eu precisava da Sally.

Cometi alguns deslizes durante o meu namoro com Caroline, mas as oportunidades pulavam na minha cara. O clima na universidade era outro: garotas vindas de várias cidades, as festas de confraternização e, nessa época, me adaptei ao uso de camisinhas. Talvez Sally tivesse razão.

Depois dela, o sexo era só uma transa sem muito significado; um entra e sai algumas vezes, o prazer e pronto. Uma satisfação puramente física. Se estou certo ou errado, não questiono. Pra quê? Só mais tarde entendi esse meu comportamento promíscuo. Na época, não consegui perceber a resposta que meu coração queria ouvir.

Caroline se mudou para Los Angeles enquanto eu cursava a faculdade. Levávamos uma vida de casados e eu quase não vinha mais à Pismo Beach. Depois que ela foi morar comigo, mudou seu comportamento e se tornou uma pessoa indiferente, que só quer saber de farras e futilidades.

Algumas vezes, eu tentava conversar com ela sobre nossas trocas de mensagens, os bilhetes da época da escola. Queria entender por que ela havia mudado tanto, queria resgatar aquele amor que eu sabia que estava guardado dentro dela.

— Vamos ler nossos bilhetes juntos? — propus a ela.

— Quais bilhetes? Eu não quero conversa. Você me traiu — falou de cara feia.

— Você também — respondi e calei a boca.

Ela não quer sair de Los Angeles e sempre fica de mau humor quando voltamos a Pismo Beach. Eu precisava passar uns dias aqui para providenciar o sepultamento dos meus pais. Quando ela viu Ted na cama comigo, reclamou:

— Já está com esse pulguento na cama de novo?

— Ted não é pulguento, é cheiroso e macio.

Olhei para ela, os cabelos molhados e as maçãs do rosto coradas.

— Onde você estava?

— No salão, no shopping.

— Esqueceu de secar o cabelo, ou estava debaixo do chuveiro com alguém? — debochei.

— Não banque o idiota, Mark — disse ela, saindo do quarto.

Abracei o Ted e beijei sua cabecinha; ele sempre dormia comigo quando eu era solteiro. Tive que acostumá-lo a dormir ao lado da nossa cama, numa caminha fofa, depois que Caroline veio morar na minha companhia.

Eu sei que ele não gostou da mudança, mas, resignado, deitava no chão ao lado da cama com um suspiro.

Thomas o chamava de "rabo destruidor", porque derrubava tudo, abanando a longa cauda preta quando estava feliz. Ele tentava pegar os esquilos do bosque sem sucesso.

— Vai, Ted, um dia você consegue — dizia Thomas, debochando dele.

Ted me deixou um mês depois que perdi meus pais. Acordei assustado, com aquele corpo frio enroscado em mim. Ele subiu na cama para morrer ao meu lado. Não sei como conseguiu, estava velho e cansado. Talvez o esforço tenha sido demais para o seu coração.

Meu amigo, meu companheiro na vida. Esteve ao meu lado nos momentos bons e ruins, sempre me esperando chegar em casa e me recebendo esfuziante, pulando e lambendo meu rosto, como se não me visse há anos.

Não importa o tempo que eu ficasse fora; a festa era sempre a mesma. Um amor incondicional, a prova sobre quatro patas de que o amor existe.

Thomas ficou com os olhos cheios d'água ao me ver chegar com ele no colo.

— Ah, bobão, eu gostava tanto de você! — Acariciou sua cabecinha.

Nós o enterramos no bosque e Thomas colocou uma pequena escultura de esquilo sobre sua cova. *Esse é seu, amigão. Você conseguiu.* Eu chorei mais um pouco.

Fui visitar Noelle e ela pendurou, no cordão que eu trazia no pescoço com as duas conchinhas, um pequeno pingente de ouro: um cachorro com a inscrição "Ted".

— Amor a gente guarda no peito.

E me abraçou por um longo tempo.

Esses eram os meus amigos de verdade: Thomas e Noelle. Mais que amigos, minha família.

É horrível, mas devo admitir que ultimamente tenho vivido de memórias. A explicação que encontrei para isso é a minha fragilidade emocional do momento. Percebi com tristeza que confundi sexo com amor e acreditei no sentimento que Caroline deixava transparecer nos bilhetes.

Eu me sentia nostálgico e abri a "gaveta de memórias" da minha estante que mantinha trancada à chave. Lá estavam guardadas as minhas recordações: a caixa com os bilhetes da Caroline, algumas fotos que tirei com Sally, o chaveiro de prata em forma de coração com a inscrição "Eu e você para sempre", que ela me deu no meu aniversário.

Acariciei a capa do meu caderno. *"Anotações do Mark"*.

Não leio; apenas quero deixar registrado mais esse capítulo da minha vida.

PRIMAVERA DE 2002

Sally e Ítalo

Raramente voltei a ver Mark, exceto em ocasiões especiais, quando ele aparecia lá em casa para cumprimentar a todos. Seu olhar, com um lampejo de mágoa, tentava ser indiferente. Conheci Ítalo no hospital onde meu pai trabalhava. Cirurgião plástico, cinco anos mais velho que eu, um olhar sedutor e mãos habilidosas não só nas cirurgias.

Eu me senti atraída e segura com seu jeito tranquilo e, aos poucos, passei a gostar dele. Nós nos casamos depois de um ano de namoro; pouco tempo talvez, mas eu ansiava por mudanças, por uma vida nova em um lugar diferente.

Meu casamento foi realizado no jardim da mamãe e Mark não compareceu.

Mudamos para San Luis Obispo. Ítalo queria que eu ficasse em casa e isso gerou a nossa primeira briga. Ele acabou cedendo e comecei a trabalhar.

O casamento estava indo bem, mas o vazio persistia, talvez pela ausência de filhos, que Ítalo não queria. Ele chegava tarde em casa, sempre cansado e foi nessa época que descobri sua traição com uma médica plantonista.

Minhas escolhas, meus arrependimentos. Tomei a direção errada na vida. Desejei com todas as forças que meu amor por Mark fosse suficiente, mas, no fundo, eu achava isso impossível.

Gostaria de ter expressado o quanto ele significava para mim, mas não encontrei as palavras certas. Ele está nos braços da Caroline e isso me consome por dentro. Nick foi ao casamento deles em San José e contou que ela está grávida.

Eu não podia mudar o que havia acontecido comigo, nem controlar as ações dos outros, mas podia controlar as minhas próprias ações. Podia construir meu futuro, cuidar da minha carreira...

Descobri que, para escapar da dor da perda, nosso subconsciente encontra maneiras de nos enganar, fazendo-nos acreditar que estamos no caminho certo. Meu casamento foi um erro, mas sigo em frente sozinha.

Ítalo, a princípio, amenizou minhas lembranças; eu era grata por isso. Só percebi o erro quando ele começou a mostrar suas garras.

Durante uma noite regada a vinho, enquanto fazíamos amor, eu o chamei de Mark e meu casamento começou a desmoronar nesse momento. Ele passou a me tratar com indiferença e a beber mais do que o habitual.

Violência física e verbal se tornaram constantes; mesmo depois de promessas de mudança, o ciclo se repetia.

Várias vezes me imprensou na parede, apertou meu pescoço e me chamou de vadia. Quando ficava sóbrio, pedia perdão, dizendo que isso não se repetiria.

Não nos casamos para dar errado; eu estava apaixonada por ele. Ou não?

Provavelmente a culpa era minha; talvez tivesse usado um band-aid para cobrir um rombo no coração. Peço ajuda a Deus, mas acho que Ele está ocupado no momento. Ninguém pode me ajudar e me sinto sem saída, com pés e mãos atados.

Ítalo veio jantar em casa, um evento raro, já que chega tarde todos os dias. Eu não tinha preparado nada. Perdi o hábito de jantar, não tenho companhia.

— O que você faz o dia inteiro que não sobra tempo de preparar uma refeição decente? — perguntou ele, irritado, e jogou o jaleco no chão.

— Eu também trabalho e você nunca está em casa.

Um confronto verbal se seguiu; ele saiu para jantar sozinho, voltando tarde e visivelmente bêbado. Fingi que estava dormindo, porque já sabia o que aconteceria.

— Ei, gostosa. Sou eu, o Mark — sussurrou no meu ouvido.

Levou uma cotovelada no nariz.

— Pode parar com a palhaçada, por favor? — Levantei da cama.

— Você me machucou, depois não reclama se levar uns tapas.

— Você prometeu que ia parar de beber. Como podemos ter um casamento saudável se está sempre bêbado?

— Vem fazer amor com o seu maridinho. — Abriu os braços.

— Com você bêbado, de jeito nenhum.

— Não preciso de você para nada, nem para o sexo. Sai daqui — rosnou.

Peguei meu travesseiro e fui dormir no quarto de hóspedes.

Na noite seguinte, ele chegou cedo em casa com um buquê de flores e me abraçou:

— Desculpe, sou um imbecil. Vamos jantar fora?

Tivemos uma noite agradável e demos boas risadas, relembrando nossas histórias. Ítalo não bebeu uma gota de álcool durante toda a semana e voltou a ser aquele homem amoroso com quem me casei.

Na semana seguinte, escutei sua voz ao telefone quando chegou em casa.

— Gostou né, vadia? Da próxima vez, vai ser melhor, eu...

Parei no meio da sala e ele desligou o telefone.

— Não enche, Sally. Vou dormir — disse, cambaleando.

A situação se repete; abstinência, consumo de álcool fora de casa e em casa. Eu passei a ignorar suas fases mais agudas. Fizemos um cruzeiro nas Bahamas. Num final de tarde, observávamos o mar na proa do navio. O sol estava se pondo, colorindo a água com um fio dourado, como um colar de ouro serpenteando nas ondas, que alguma sereia descuidada havia perdido. O céu iluminado em rosa e lilás me lembrava algodão doce.

Ítalo acariciou meu braço e apertou meu ombro. Sua mão gelada na minha nuca fez minha pele arrepiar. Pensei que ele fosse me beijar mas, debruçou com força minha cabeça na balaustrada, curvando meu corpo para baixo.

— Olha lá embaixo, Sally. E se eu te jogasse daqui de cima agora? — Forçou minha cabeça com uma risada maligna.

Eu vi o mar agitado, as ondas batendo com força no casco do navio. Se ele me jogasse dali, eu não teria chances — morreria no impacto com a água. O navio tinha vários andares, era assustadoramente alto.

Meu coração disparou, eu estava apavorada. O pescoço doía, a cabeça doía. Eu me agarrei à balaustrada e tentava afastá-lo, empurrando-o com meu corpo.

— Ei, o que o senhor está fazendo? — Um homem perguntou. — Largue a moça!

— Essa moça é minha mulher, não se meta! — gritou e me largou.

O que me deixou mais assustada foi que ele fez isso sóbrio. Ítalo não bebeu uma gota de álcool durante o cruzeiro.

Só tenho duas alternativas: ou me comporto como aqueles três macaquinhos, não vejo, não escuto, não falo, ou apelo para o divórcio.

Vai se danar.

INVERNO DE 2002

Mark

Estou em Pismo Beach para rever Thomas e Noelle e abrir a casa dos meus pais. Senti saudade das borboletas. Pedi transferência para a universidade de San José, porque já tenho um emprego garantido em uma start-up.

Sempre tive vontade de morar no Vale do Silício; lá se respira o futuro, a tecnologia de ponta. Os softwares de última geração saem de lá, os gênios estão lá e eu me juntei a eles.

Ao abrir as cortinas e deixar a luz entrar, parece que estou vendo fantasmas. Os móveis cobertos com panos brancos, um cheiro de memórias no ar e um aperto de saudade no coração.

Joguei fora um monte de correspondências inúteis, retirei os panos e abri as janelas. O Natal se aproxima e sinto o vento frio cortar a minha pele ao sentar na varanda com minha xícara de café, mas o cheiro da maresia me faz bem.

Não monto mais árvores de Natal. Há quanto tempo? Nem lembro; acho que a última foi no jardim da Noelle. Caroline não tem espírito natalino, não quer ganhar presente e prefere dinheiro para comprar "aquela bolsa nova".

Caroline está grávida e nos casamos numa cerimônia simples, num parque que ela escolheu. Ela não gostou muito; queria fazer um festão com mais de cem convidados. Não sei como já conhece tanta gente em San José.

Tentei explicar que estou juntando dinheiro para abrir uma loja; apesar de ganhar um bom salário, quero ter o meu próprio negócio. Ela falou no seguro de vida dos meus pais e brigamos de novo. Expliquei que não faria uma festa com o dinheiro da morte deles. Caroline ficou furiosa e eu me sinto cansado de ceder aos seus caprichos.

Passamos o final de semana em San Francisco, porque não tínhamos tempo para a lua de mel; eu, ocupado com o lançamento de um novo software; ela, com a feira de cosméticos.

Além disso, eu estudava feito um louco, empenhado em terminar a faculdade em três anos. Optei por uma carga acadêmica mais intensiva, participando inclusive de cursos nas férias de verão.

Caroline não quer voltar a Pismo Beach nem para passar o Natal com a família. Eu não me importo; essas datas não me emocionam mais. Avisei que precisava retornar para cuidar de alguns assuntos e passaria o final de semana aqui.

Mentira.

Já descobri que, quando quero ficar sozinho, é só dizer que venho para cá, pois ela não gosta daqui; fala que é um lugar atrasado, sem o glamour e a agitação de Los Angeles. Ela não gostou muito de San José, mas diz que é melhor do que ficar olhando borboletas o dia inteiro.

A vida em Los Angeles era agitada, com festas e farras com o pessoal da universidade. Frequentávamos casas de espetáculos e shows de rock. As praias são excelentes para nadar e surfar e Caroline estava sempre bronzeada.

Em San José, as coisas estão mais devagar e apesar da agitação da cidade, estou mais concentrado em terminar a faculdade.

De San José até aqui, são três horas e meia de carro, mas venho devagar, ouvindo música e apreciando a paisagem da Highway 101, uma rodovia cênica que percorre todo o litoral, de San Francisco a Los Angeles.

Vindo do norte ou do sul, tanto faz, a chegada em Pismo Beach é inesquecível; suas praias com água azul turquesa, areia branca, dunas e colinas são um convite ao relaxamento e ao deslumbramento.

Olho em volta e me surpreendo; deveria voltar aqui mais vezes. Amanhã vou visitar Thomas no chalé e estou me preparando para isso. Faz tempo que não entro no bosque.

Procuro não pensar em Sally. A saudade agora vem acompanhada de curiosidade: como ela está? Já teve filhos?

Levantei cedo e bem disposto; enchi os pulmões com o cheiro da maresia. Minha casa. Liguei o som e preparei meus ovos mexidos com bacon. O cheiro invadiu a cozinha, fazendo minha barriga roncar. Dancei em volta da mesa, feliz da vida.

Mamãe fazia isso todas as manhãs e dançava com meu pai que inventava passos estranhos e, lá do meu quarto, eu ouvia suas risadas.

Não choro mais quando me lembro deles, só sinto saudade.

Thomas, quando me viu, largou a vassoura e correu.

— Pensei que fosse morrer de saudade, seu babaca. — Ele me abraçou com força.

— Desculpe, ainda estou me adaptando à vida em San José.

Conversamos na varanda por um bom tempo e contamos as novidades.

— E as borboletas? — Olhei em volta.

— Estou preocupado. Esse ano não são muitas, mas os biólogos dizem que está tudo bem, que elas não estão em extinção.

— Você estava varrendo? Vamos trabalhar?

— Vou pegar outra vassoura. Seja bem-vindo de volta.

Comecei pela parte de trás do chalé e esbarrei com a vassoura em alguma coisa debaixo dele. Sempre tivemos cuidado com essa área para não juntar bichos.

Puxei com a vassoura uma caixa pequena. Achei que pudessem ser parafusos que Thomas havia esquecido ali. Ou quem sabe...

... O lugar onde Sally escondia o anticoncepcional.

Quando tirei a tampa, com a caixa do anticoncepcional, vi alguns papéis dobrados e reconheci a letra.

A minha letra.

Os bilhetes.

Sally? Por que ela estaria com os meus bilhetes? Somente ela visitava o chalé, Caroline nunca veio aqui.

Fiquei meio tonto e passei a mão na testa.

— Você está bem? — Thomas me olhou preocupado.

— Estou com calor.

— Não quer entrar um pouco?

Pelo amor de Deus, não.

— Que caixa é essa?

— São coisas minhas que esqueci aqui, vou guardar no carro.

Quando voltei, Thomas me esperava com um suco gelado.

— Beba tudo, vai se sentir melhor.

Minha cabeça não parava de funcionar e me entreguei ao trabalho com fúria. As memórias vívidas na minha frente como num filme e o coração esmurrando meu peito.

Os bilhetes *dela*, guardados todo esse tempo na minha gaveta de memórias, a letra delicada, o papel...

Ah, Deus!

... O papel idêntico às folhas da agenda *dela*, com borboletas e corações. Estava na minha cara o tempo todo e eu não vi!

Agora tudo fazia sentido. Era Sally quem escrevia os bilhetes, não Caroline.

— Ah, não! — resmunguei e joguei a vassoura longe.

— Mark, precisa de ajuda?

— Eu volto amanhã.

Entrei no carro e parei na praia. Tentei me acalmar olhando o mar e não consegui. Uma torrente de perguntas inundava a minha cabeça.

Por que ela guardou os bilhetes lá? Ela sabia que era eu desde o início, ou só soube quando me identifiquei? Trocou de lugar com a Caroline? Por quê?

Tirei a roupa, me atirei no mar e nadei até perder as forças. Cheguei exausto na areia, ajoelhei e gritei o nome dela com os punhos cerrados de raiva.

Depois chorei até cansar.

Voltei para casa e joguei os bilhetes dela no tapete da sala. Fiz a mesma coisa com os meus que encontrei debaixo do chalé. Abri uma garrafa de vinho e sentei no chão; encaixei um por um na sequência.

Ali estava, fazendo todo sentido, a nossa história de amor.

O amor que Sally descrevia tão bem nos bilhetes, era por mim. Sem saber, estávamos falando de nós dois.

Vai reclamar de quê, Mark? Nós tivemos a oportunidade de viver esse amor logo em seguida, quando o verão chegou.

Precisamos concluir o nosso livro, Sal. Só escrevemos os primeiros capítulos; ainda falta o final.

Acabei com a garrafa de vinho e me joguei meio tonto no sofá. Eu nem vi as borboletas.

Estou de volta para mais um final de semana em Pismo Beach. O clima anda tenso lá em casa. Caroline perdeu o bebê. Pior foi ver os seus olhos duros como pedra, quando falou: *"melhor assim, sou muito jovem para ser mãe".*

Cada vez que chego aqui, minha vontade de ficar aumenta. É bom encontrar com Noelle novamente. Restabelecemos nossas conversas nas tardes de domingo, apreciando o seu lindo jardim, antes de eu voltar para San José. O restante do tempo, passo com Thomas.

Pedi desculpas pelo meu comportamento quando achei os bilhetes e contei tudo o que estava se passando. De vez em quando, Thomas brinca com as minhas lembranças.

— Sabe qual foi o filme que vocês perderam no dia que foram à Dream's? *O Conde de Monte Cristo*, um filmaço! Thomas só sai do chalé para assistir a um bom filme ou ir à livraria. Ele não gosta do mar; diz que lhe traz amargas recordações.

— Não perdi, bobão. Eu assisti com a Sally.

— Assistiu mesmo ou ficaram se beijando no cinema?

— As duas coisas. Na verdade, não entendi bem a história; acho que perdi algumas partes importantes.

— Eu tenho certeza de que não se arrependeu.

— É claro que não. *O Conde de Monte Cristo* eu posso assistir de novo, mas Sally... eu perdi para sempre.

— Como vai seu casamento com Caroline?

— Balançando... vai balançar mais ainda, quando eu contar que decidi mudar para cá.

— Mas que notícia maravilhosa! Meu melhor empregado vai voltar!

— Não abusa, Thomas.

Ele ficou animado e me levou ao galpão de ferramentas.

— Olha só... comprei ferramentas novas. Se você voltar, podemos ampliar o chalé e vou te ensinar a fazer esculturas de madeira.

— Ampliar o chalé para quê? Você mora sozinho, não está bom assim?

— Nunca se sabe, meu amigo... nunca se sabe.

— Vou abrir minha loja no shopping daqui.

— Ah, que maravilha! Eu ajudo você no que precisar. Que tal decorá-la com algumas esculturas de madeira?

— Vai ser a loja mais bonita do shopping.

Seu rosto se iluminou de satisfação e seu sorriso traduziu a felicidade em ter de volta o seu único amigo.

Eu.

Quando eu voltava, passei em frente à casa da Noelle. Ela molhava as plantas no jardim e, ao me ver, acenou e mandou um beijo.

Agora entendo melhor essa minha vontade de voltar.

PRIMAVERA DE 2003

Mark

Voltei a morar em Pismo Beach.

Custei a entender que não adianta fugir das lembranças — elas estão dentro de nós, não importa o rumo que a gente tome. Eu amo a cidade em que nasci e é aqui que eu vou morar. Caroline quase surtou quando comuniquei minha decisão.

— Você quer me matar de tédio naquela cidadezinha sem graça?

Eu já estava farto do seu narcisismo, do seu egoísmo, das suas mentiras. Ela sai de casa de manhã e só volta à noite e na maior cara de pau, pergunta: "tem alguma coisa para comer?".

— Se quiser, pode continuar a morar em San José e nos vemos nos finais de semana. Não vai fazer diferença nenhuma, você nunca está em casa — argumentei com ironia.

— E quem vai pagar o meu aluguel?

Dinheiro... era só com isso que se importava.

— Eu pago, Caroline. Mas você vai ter que trabalhar para arcar com as suas despesas — provoquei.

— O dinheiro do seguro...

— Já chega! — explodi. — O dinheiro do seguro vai ser usado na compra da loja que vou abrir aqui em Pismo Beach! Tenho certeza de que meus pais ficariam satisfeitos com a minha decisão.

— Tudo bem, vou encarar essa mudança como se me retirasse para um período de "relax" num balneário tranquilo.

— Isso, Caroline. Você está num *spa* — debochei.

Ela começou com a guerra de nervos habitual; pirraças, chantagens e crises de mau humor. Eu não estava mais disposto a aturar esse tipo de comportamento dela.

Meu casamento com Caroline acabou. Cansei das suas mentiras e futilidades. Ela é viciada em sexo e bolsas de grife, além de ter o poder de me deixar irritado.

Não ligo mais para os casinhos que sei que ela tem por aí. Certamente, isso alimenta o seu narcisismo e serve como forma de vingança, porque ela sabe que não esqueci a Sally, apesar de não tocar no nome dela.

No dia seguinte, ela me viu arrumando a mala e ficou furiosa.

— Para onde você vai?

— Para um hotel. Na verdade, eu ficaria no chalé com Thomas.

— Está me deixando?

— Deu para notar? — debochei. Além de fútil é burra.

— Você não me ama mais? — perguntou ela, balançando aqueles cabelos louros.

— Na verdade, nunca te amei. Eu amava os bilhetes.

— Que bilhetes?

— Deixa para lá — respondi sem dar importância.

— Ninguém me deixa, Mark. Você não pode fazer isso — falou ela, com os olhos cheios de raiva.

— Tanto posso como vou fazer. — Fechei a mala.

Ela explodiu quando viu que não conseguiria me manipular.

— Pode ir, tem uma fila aqui querendo ocupar o seu lugar. — disse ela, exibindo o celular.

— Faça bom proveito, Caroline.

— Aquele bebê não era seu!

Foi um choque, confesso. Mas o que mais eu poderia esperar dela?

— Meu advogado vai entrar em contato. Um mês, esse é o prazo para você sair daqui.

— Eu não tenho onde morar. Como vou pagar o aluguel?

— Você pode voltar para a casa dos seus pais. Se quiser, eu pago o aluguel; vou te bancar até a decisão do juiz. Vá trabalhar, faça alguma coisa de útil na vida.

— Eu não vou sair daqui — insistiu.

— Um mês, esse é o prazo. — Virei as costas e fui embora.

Uma sensação de alívio me percorreu ao ligar o carro.

Consertar nossos erros: sempre podemos tentar.

INVERNO DE 2004

Mark e Sally

Os negócios progrediam, eu e meu sócio compramos a loja ao lado e ampliamos o espaço. Fred era um bom amigo, o conheci em um congresso de cibersegurança em Las Vegas. Hospedados no mesmo hotel, descobrimos que tínhamos o mesmo projeto de abrir uma empresa de computação.

Eu me dedicava ao trabalho e, no tempo livre, ajudava Thomas nos reparos do chalé; aprendi a fazer esculturas, utilizando a madeira das árvores caídas no bosque.

Construímos mais dois quartos e um banheiro por puro capricho dele. Não havia necessidade, mas eu queria ver o meu amigo feliz.

Nas tardes de domingo, eu me encantava com Noelle e seu jardim. Ela me esperava na varanda com um sorriso e uma jarra de suco, eu levava os cupcakes. Ela lia poesias, falava sobre as borboletas e contava histórias de amor.

Com exceção dos olhos, ela se parecia muito com Sally. Pouco falávamos dela, mas eu desconfiava que Noelle sabia o que havia acontecido entre nós dois.

Uma vez, percebi que ela havia chorado, mas não perguntei nada. Noelle só falava o que queria.

—Eu acredito que o amor só nos presenteia uma vez na vida— disse ela, tocando meu rosto com seus dedos frágeis. —O amor é como uma borboleta, precisa de um tempo para sair do casulo e mostrar a sua beleza num gracioso bater de asas. Não deixe que ela fique muito tempo presa no casulo, Mark. Ela precisa voar e alcançar o infinito.

O que Noelle quis dizer com isso? Será que ela estava se referindo ao meu amor por Sally? Não tive coragem de perguntar.

— Por que não vem passar o Natal conosco? Vamos reunir a família. Ah, eu tenho um presente, espere.

Voltou com um embrulho na mão.

— Sally esteve aqui para combinar a ceia de Natal e deixou isso para você.

— Sally esteve aqui? — perguntei surpreso, enquanto desembrulhava o presente.

Meu queixo caiu.

— Ela conseguiu! Conseguiu, Noelle!

— Conseguiu, sim! Seu primeiro livro.

A MIGRAÇÃO DAS BORBOLETAS
SALLY MARIE NEWPORT

— Você já leu?

— Já. É um romance lindo, foi lançado no mês passado numa livraria em San Luis Obispo. Ela disse que seu marido não gostou muito.

— O marido... Ítalo? — gaguejei.

— Deve ser coisa de médico, eles não são muito chegados a romances.

— Nossa! Estou doido para ler! — Alisei a capa.

— Mais um casulo se abriu, mais um sonho se realizou.

— Noelle, você tem fixação por borboletas.

— Gostaria de virar uma quando partir daqui. Então, você vem? Não vai passar a noite de Natal sozinho. Eu não vou deixar.

— Não sei se fica bem, não sou da família.

— É claro que é, gosto de você como um filho. — Ela se levantou.

— A borboleta mais bonita de Pismo Beach! — Beijei suas bochechas com beijos estalados.

— Guarde suas frases bonitas para Sally. — Ela deu uma risada.

— Noelle... — Fiquei vermelho na hora.

— Vou consultar a previsão do tempo para o Natal, parece que vem chuva pesada por aí. — Olhou para o jardim. — Tomara.

— É... parece que a noite de Natal vai ser animada...

— É tudo o que eu quero, uma festa animada! Eu ligo para você mais tarde para combinar alguns detalhes. Vá ler seu livro.

Você conseguiu, marrentinha. Abracei o livro enquanto atravessava o jardim.

Deitei na cama e abri o livro. A dedicatória:

"Espero que ainda ame borboletas, lagos e chalés. Como eu, você faz parte deste livro, assim como faz parte de mim também. Com amor, Sally."

Devorei o livro até o sono me vencer.

No dia seguinte, não saí da cama até terminar a leitura. Eu precisava ir ao shopping comprar os presentes, mas não consegui.

Depois de ler o livro, tentei fazer uma reflexão sobre a maturidade. O que ela nos revela? Quando ela chega?

Fiquei deitado, filosofando e avaliando tudo o que eu havia lido no romance da Sally.

Os momentos de escuridão que eu atravessei foram importantes e me ajudaram a entender que essas dores são transitórias, apesar de deixarem cicatrizes profundas. O apego excessivo às coisas ou pessoas pode nos causar sofrimento e o desapego nos ajuda a alcançar a paz interior.

Talvez isso se chame maturidade. Ela não depende de uma idade certa para chegar, mas sim de uma série de fatores pessoais e emocionais; a experiência de vida, o sofrimento, o autoconhecimento e a responsabilidade que vêm com a tomada de decisões, sempre levando em conta as consequências das nossas próprias ações.

Maturidade é aceitar a beleza das cicatrizes; é ter a coragem de olhar nos olhos do passado e sorrir, entendendo que cada dor foi um passo necessário na dança da vida.

Hum... *eu filósofo*...

Assim como eu, percebo que Sally amadureceu rápido. Existem fatos ocultos nas entrelinhas da sua escrita que consegui decifrar.

"Sou como você me vê. *Posso ser leve como uma brisa ou forte como uma ventania, depende de quando e como você me vê passar.*"[1] Relembrei essa frase que um amigo da universidade, estudante de filosofia, escreveu no meu caderno certa vez.

É de uma escritora brasileira. Ele era apaixonado por ela.

O que eu representei para Sally? Uma brisa ou uma ventania?

Pelo que eu pude entender, uma ventania — e nós dois juntos somos um vendaval, uma tempestade furiosa que vai destruir tudo o que estiver no nosso caminho, impedindo a nossa felicidade.

Saiam da frente! Eu já sinto o vento soprar com mais força.

Sally ainda me ama.

Levanta dessa cama, filósofo. Temos muitas coisas para resolver.

A semana passou depressa, com a agitação que precede o Natal. Enquanto eu ia em direção ao shopping para comprar os presentes, entrei novamente no "modo filósofo".

Eu me afastei da mulher que amava porque ela, por razões que agora parecem pequenas ou mal compreendidas, tomou decisões que nos afastaram. Agora ela está casada com outro, mas o nosso amor ainda persiste, latente e indestrutível.

— Vou levar essa aqui. — Apontei para a pulseira de ouro com borboletas que estava na vitrine da joalheria. Presente para Sally.

---

1 Frase atribuída a Clarice Lispector, que teve seus livros publicados em inglês.

O amor verdadeiro é capaz de perdoar as falhas e os erros do passado. Talvez, se ela tivesse expressado seu desejo de reconciliação e sua disposição para superar qualquer obstáculo, eu tivesse visto uma oportunidade de recomeçar.

— Quero aquela lá. — Estiquei o braço e o vendedor pegou a maior vara de pesca que eu já vi. Presente para o Nick.

Construir mais pontes, não muros. Se Sally tivesse expressado mais claramente o quanto eu significava para ela, isso teria aberto caminhos para uma reconciliação.

— Esse é o meu preferido — disse a vendedora de uma loja de óculos de grife.

— Vou levar — respondi e guardei na sacola o presente da Nina. Ela faz coleção de óculos.

Entrei na galeria de arte e suspirei ao ver o belo quadro na parede. Minha querida Noelle tem muito bom gosto, além de ser a minha melhor amiga.

— Esse é meu, pode embrulhar — falei para a sorridente vendedora.

Embora Sally esteja casada, eu posso manter a esperança de que, se o amor entre nós for verdadeiro e forte, haverá uma chance de reaproximação. Às vezes, o tempo e a distância revelam a profundidade de um amor que parecia perdido.

Ao descer do carro, senti que estava tenso. Noelle, Sally, Nick e Nina certamente me receberiam bem; doutor Angel era indiferente e Ítalo... bem, que se dane o Ítalo.

— Não acredito que você veio! — Nick abriu os braços.

Abracei Sally com cautela, sob o olhar vigilante do marido.

Noelle sorriu e me puxou pela mão.

— Você trouxe presentes? Ponha ali na árvore com os outros.

Sentir saudade já é ruim, mas sentir saudade estando perto e sem poder tocar é de doer o coração. Sally estava mais bonita do que nunca, mais mulher, mais madura, mais sexy.

Queria conversar com ela, saber se estava feliz, falar do seu livro que durante aquela semana eu já havia lido duas vezes.

— Você convidou mais alguém? — perguntou doutor Angel ao ouvir a campainha.

— Meu convidado surpresa! — Noelle se dirigiu à porta.

— Boa noite, pessoal. — Thomas, com aquele sorriso encantador.

— Imagine se eu deixaria esse velho rabugento passar o Natal sozinho?

Com exceção do pai e do marido da Sally, nós o recebemos com festa. Eles se isolaram num canto, provavelmente conversando sobre questões médicas e pude notar o olhar de insatisfação que Sally dirigiu a eles.

É claro que as borboletas também foram tema da nossa conversa. Thomas comentou preocupado com o declínio no número delas.

— Os cientistas alegam que os motivos são as mudanças climáticas e o desmatamento. Sem falar nos agrotóxicos e pesticidas — explicou.

Noelle se virou para o Ítalo:

— Quando você vai tirar essa verruga do meu rosto? Ela me incomoda demais! Coça, arde e às vezes tenho vontade de arrancá-la com as unhas!

— Podemos agendar para a semana que vem. Ligue para o consultório e marque um horário.

Doutor Angel falou para ele:

— Por falar em rosto, depois de amanhã, vamos operar aquela adolescente que sofreu queimaduras gravíssimas. O neurocirurgião facial vai estar presente, mas eu conto com você para me auxiliar na parte estética.

— Claro, pode contar comigo. Ela provavelmente vai ter que fazer várias cirurgias.

— Concordo, mas essa primeira vai ser a mais importante. Eu trouxe os exames e o relatório do neurocirurgião e gostaria que você analisasse. Vamos até o meu escritório? — Doutor Angel se levantou.

Ítalo olhou para mim e, em seguida, para Sally.

— Podemos ver isso amanhã, Angel? Hoje é Natal.

— A ceia ainda vai demorar a ser servida e amanhã eu quero jogar golfe. Dessa vez eu vou ganhar... você vai ver! Vem, não vou ocupar muito o seu tempo.

Ítalo torceu a boca insatisfeito e o acompanhou.

Ouvi um trovão ao longe.

— Vem chuva aí — comentou Noelle.

— Xii! Esqueci os presentes e deixei a lareira acesa. Lá no bosque está fazendo frio!

— Está um frio atípico para o inverno da Califórnia — comentou Noelle.

— Eu vou lá buscar os presentes. — Thomas levantou do sofá.

— Não senhor, você está velho para dirigir à noite. Mark, você pode nos fazer esse favor?

— É claro.

— Você é um amor. Sally, vá junto para ajudar a trazer os presentes.

— Eu vou com Mark. — Nick se ofereceu.

— Não. — Noelle segurou seu braço. — Quero conversar com você sobre o bazar de Ano Novo que a Nina está organizando. Sally doou livros, eu vou doar roupas e sapatos que não uso mais.

— Preciso avisar ao Ítalo; ele não vai gostar de saber que saí sem falar com ele.

— Deixe de bobagem... não vai levar nem dez minutos. Vocês vão voltar e eles ainda estarão trancados no escritório, conheço seu pai.

— Vocês decidem — falei sério, com os braços cruzados nas costas e o coração exultante, na expectativa de poder ficar sozinho com ela.

Ninguém falou nada.

—Andem logo. Quando voltarem, vamos servir a ceia. —Noelle nos empurrou para a porta.

Outro trovão no céu.

Quando chegamos ao chalé, a chuva desabou. A sala estava quente e aconchegante, iluminada pela lareira. Não acendi as luzes.

Ah, Noelle! Nosso plano deu certo! Você acertou em cheio... a previsão do tempo...

— O que fazemos agora? — perguntou Sally.

— Vamos esperar um pouco, o temporal está muito forte.

— Não podemos sair daqui agora, o céu está desabando — ligou para a mãe.

— Só nos resta esperar. Quer beber vinho? Thomas sempre tem vinho aqui.

— Já está na mesa... olha ali. — Apontou.

Uma garrafa de vinho, duas taças, um candelabro com três velas e uma caixa de fósforos. Embaixo, um bilhete: "para o caso de faltar luz".

Você também, velho safado. Guardei o bilhete no bolso.

Por isso Thomas estava na festa. Noelle armou tudo para que eu e Sally tivéssemos esse encontro.

Disfarcei a vontade de rir e abri o vinho.

— Feliz Natal. — Entreguei a taça a ela e brindamos.

— Quer que eu prepare alguma coisa na cozinha? — perguntou ela, exibindo aquele sorriso que eu amava.

Eu sorri, ao lembrar do bolo com cobertura de merengue.

— Acho melhor não, Thomas vai me matar se encontrar a cozinha destruída por um tornado.

Seu rosto se iluminou com um sorriso e ela deu uma risada.

— Não exagera, eu ajudei você a limpar e o bolo ficou...
— Uma porcaria. Duro, solado e sem merengue, porque VOCÊ explodiu o liquidificador!
— Foi uma distração, mas você comeu o bolo mesmo assim. — Sally ria sem parar.
— Eu estava faminto, maratonar no sexo dá uma fome danada... Ela ficou sem graça quando falei isso.
— Desculpe, não quis te deixar constrangida. São só lembranças... boas lembranças.

Sentamos lado a lado no sofá e ficamos em silêncio, ouvindo o barulho da chuva forte que açoitava as janelas.

— Vou colocar uma música relaxante. — Liguei o som.

Um clarão iluminou a sala, seguido de um estrondo.

— Esse caiu perto, deve ter derrubado alguma árvore — falei, puxando assunto.

— Não estamos acostumados a temporais fortes nessa época do ano.

— Também não costumamos ter um calor tão forte como fez no outono.

— Você leu o livro?

— Li, duas vezes.

— Gostou?

— Gostei muito, é um romance belíssimo. Os protagonistas são reais?

— Não. É um romance de ficção. Por que a pergunta?

— Porque parece com uma história que eu conheço. Vai escrever o segundo volume?

— Talvez. Estou buscando inspiração.

— Não quero me intrometer no seu romance, mas acho que o amor desse casal merece um final glorioso.

— Nem sempre histórias de amor têm um final feliz. — Sally apoiou a taça na mesinha.

Imitei seu gesto e me aproximei dela.

— Talvez, mas eu penso que, se eles tentarem de verdade um recomeço, as chances de viverem juntos felizes para sempre são grandes.

Eu me lembrei dos bilhetes e segurei as mãos dela, ajoelhado no chão, de frente para ela.

— Você não acha que um amor assim, tão intenso, merece uma segunda chance? Que nem o tempo, nem a distância conseguiu destruir? Que os dois só se sentem felizes quando estão juntos?

— Mark...

— Seu livro... a nossa história... dê uma chance ao amor, Sal, ao nosso amor. — Enxuguei as lágrimas no seu rosto.

Segurei sua cintura e a levantei do sofá. Meus dedos quase sentindo sua pele sob o tecido fino do vestido. Apoiei sua cabeça no meu colo e a embalei ao som da música. Sua respiração quente no meu peito.

Acariciei seu pescoço com a ponta dos dedos e desci até o seu ombro. Quando toquei seus braços, senti sua pele arrepiada.

Uma música suave falava de um amor perdido.

Percorri o caminho inverso com meus lábios e senti o cheiro da sua pele. Irresistível.

— Sal, minha Sal — sussurrei no seu ouvido e beijei o lóbulo da sua orelha.

Subi minha mão pelas costas dela até tocar sua nuca e a obriguei a olhar para mim. Acariciei seu rosto com meus lábios e senti o amor me invadir como uma avalanche. Abri os olhos e olhei para Sally; tão pequena, tão frágil, mas dona de um poder assustador sobre mim.

Trouxe sua boca para perto da minha e hesitei, lhe dando a chance de recuar. Sally inclinou o rosto, entreabriu os lábios e me beijou. Ouvi um gemido de prazer quando nossas línguas se tocaram.

Nós nos despimos devagar enquanto dançávamos. Eu não conseguia parar de beijar sua boca, como sempre acontecia quando estávamos juntos.

Lábios de coração.

Dançamos abraçados. Eu alisava seu corpo como se o tocasse pela primeira vez, mas conhecia cada curva de cor. Seus seios na medida das minhas mãos, sua cintura fina, a bunda deliciosa.

Toquei seu ventre macio e gemi, quando meus dedos a acariciaram dentro da sua calcinha. Estava tão quente, tão molhada, que eu tive que morder meu lábio para recuperar o controle.

Sally se afastou.

— Vamos beber vinho?

Puxou meu braço e me levou para perto da lareira.

Quando se virou, não pude conter o riso. Sua calcinha branca de lacinhos trazia bem no centro um gorro de Papai Noel.

— Feliz Natal, Mark — disse ela, rindo.

Sally e sua coleção de calcinhas temáticas, lembrei. A do Halloween era um espetáculo!

Continuei rindo, ao lembrar que o nosso amor sempre foi pontuado com pitadas de bom humor. Bebi o vinho com cuidado para não engasgar; Sally estava magnífica.

— Posso puxar os lacinhos? — perguntei com um enorme sorriso na cara e o coração espancando meu peito.

— Vem — convidou ela, girando os quadris.

Nós nos beijamos e esquecemos que o mundo desabava lá fora.

Amei Sally novamente naquele tapete, como fizemos na primeira vez, anos atrás. Foi mais mágico ainda; seu corpo brilhava com o fogo da lareira, enquanto ela me cavalgava.

Fazer amor com ela é fantástico. Com saudade, inexplicável.

Seus olhos azuis em chamas refletiam o fogo da lareira. Sally estava em chamas assim como eu.

— Você continua sendo a minha saudade de todos os dias — murmurei.

— Quero que me ame como só você sabe me amar — sussurrou e eu surtei.

Deitei sobre ela e acariciei seu corpo, beijei sua boca com força até machucá-la e mergulhei no precipício junto com ela. Sally é o meu abismo e eu me jogo nele de cabeça.

Não lembro quanto tempo ficamos ali fazendo amor, não lembro quantas vezes ela sentiu prazer, não lembro quantas vezes gemi dentro dela, um gemido abafado pelo ruído da chuva forte.

Não lembro.

Só lembro do seu cheiro, do seu gosto na minha boca, da textura suave da sua pele nas minhas mãos, do som dos nossos quadris se chocando, se confundindo com o crepitar da lareira.

Ali eu não precisava sussurrar; o barulho da chuva e dos trovões abafava qualquer ruído. Estava livre para fazer o que quisesse.

Todos os meus sentidos estavam apurados. A parede da sala estava quente quando coloquei Sally de pé, de frente para ela e me agarrei como um náufrago aos seus quadris.

O veludo do encosto do sofá não se comparava ao toque suave da sua pele, quando a coloquei debruçada sobre ele, faminto, numa fome secular do seu corpo...

... Do seu corpo que estremeceu nas minhas mãos e pulsou na minha boca, quando ela gemeu de prazer e precisei segurar suas pernas, agitadas como asas, para que não voasse para longe de mim.

Não a deixaria voar do nosso casulo, não agora.

Sal mordia meu lábio, exigia a minha língua e eu cedia tudo, mostrando que ainda era todo dela.

Dançamos abraçados enquanto Aerosmith cantava "I don't want to miss a thing".

I don't wanna close my eyes... cantei para ela e me joguei no sofá. Fechar os olhos, de jeito nenhum.

Derramei o vinho sobre meu corpo e ela bebeu; fiz o mesmo sobre o corpo dela e brincamos a noite toda, num sexo gostoso e divertido, com gemidos de prazer e risadas de felicidade.

Tomamos banho juntos — eu não cansava de admirar seu corpo. Tão meu, tão único, num encaixe perfeito quando estávamos abraçados. Sally chorou no meu peito e pediu perdão. Pedi que não chorasse, que estávamos felizes numa noite de Natal inesquecível. Fiz cócegas nela até que parasse de chorar. Segurei suas pernas em torno da minha cintura e fizemos amor debaixo do chuveiro.

E o melhor de tudo foi fazer amor sem tirar os olhos dela. Estávamos presos um ao outro e a cada beijo, a cada toque, eu apagava aquele intervalo de tempo que nos afastou.

Não, Sally. Você não foi embora naquele dia que fizemos amor no meu carro. Eu trouxe você para cá e aqui estamos, no chalé. Inventamos uma máquina do tempo, não existe tempo, não para nós dois.

Assaltamos a geladeira do Thomas e fizemos a nossa ceia de Natal: queijo, geleia, torradas com manteiga e algumas frutas, acompanhados de outra garrafa de vinho.

Relembramos histórias engraçadas; não queríamos macular o nosso Natal com dor, tristeza ou arrependimentos.

— Vem cá, "garoto comestível". — Deu uma risada e me puxou.

— Eu não sabia que tinha me apaixonado por uma "garota depravada". — Subi nas suas costas e mordi cada pedacinho da sua pele. Estava pronto para preencher todo o delicioso espaço dentro dela.

Tive a noite de amor mais intensa da minha vida, meu presente de Natal.

Eu queria que o mundo lá fora esquecesse Mark e Sally, que a neve derretesse nos montes, assim como eu me derretia nela, provocando um dilúvio e ninguém pudesse alcançar aquele chalé.

Éramos só nós dois novamente. No tapete da sala, na cama, no bosque, não importava. Nosso amor tinha sobrevivido a tudo, ainda mais intenso, mais maduro. Agora éramos adultos e mais experientes. O jeito como ela me tocava, me desejava, deixava transparecer...

— Único, você sempre será o único... — sussurrou ela, interrompendo meus pensamentos.

— Eu te amo, Sal. Sempre te amei. — Rolei no tapete com ela. — Volte pra mim.

Ela não respondeu; em vez disso, me puxou e beijou minha boca.

Para minha surpresa, o dia amanheceu.

Ouvi a voz do Ítalo procurando pela mulher, a minha mulher.

Nós nos vestimos apressados, mas de nada adiantaria; era evidente que nós havíamos feito amor. As bocas inchadas e vermelhas dos beijos, as roupas amassadas, os olhos embriagados pela noite ardente. As taças caídas no chão, o tapete embolado sob nossos pés, o sofá e a mesinha fora do lugar.

O ar cheirava a amor e sexo.

— Eu vou falar com ele.

— Não, eu falo — disse ela, segurando meu braço.

— Sal, é evidente o que aconteceu aqui essa noite. Vai querer negar? Olha pra você, olha pra mim.

— Eu resolvo isso, Mark.

A minha vontade era de arrastá-la até a varanda e beijar sua boca na frente de todos, mas eu não podia fazer isso. Não por causa do Ítalo, mas por ela.

Olhei pela janela e parecia que realmente havia ocorrido um dilúvio; o carro foi arrastado e parado por uma árvore, troncos e galhos se espalhavam na frente do chalé.

— Tudo bem por aí? — perguntou Thomas.

— Onde está Sally? — Ítalo me fuzilava com os olhos.

— Estou aqui. — Ela desceu os degraus e abraçou a mãe.
— Feliz Natal, Mark. — Noelle olhou para mim e sorriu.
Thomas sentou ao meu lado no degrau da varanda.
— Seu velho safado — falei sem olhar para ele, observando Sally ir embora.
— Eu não fiz nada; não tenho culpa se desabou um temporal.
— Quem foi que escreveu isso aqui? — Mostrei o bilhete.
— Fui eu... só por precaução.
— E a garrafa de vinho?
— Precaução também, para você não precisar procurar a garrafa no escuro. — Deu uma risadinha.
— Velho safado — repeti.
— Como você está? Como foi a noite?
— A melhor da minha vida.
— Feliz Natal, Mark. — Bateu no meu ombro.
— Feliz Natal, Thomas. Vamos trabalhar. Dá para fazer outro chalé com a quantidade de árvores que caiu essa noite.
— Foi uma *noite infernal*. — Deu outra risadinha.
— Velho safado — repeti.

Só voltei à casa da Noelle dias depois. Era noite de Ano Novo e ela estava sozinha, assim como eu; o doutor Angel estava no hospital. Fui recebido com um abraço e salgadinhos que ela preparo. Levei uma garrafa de champanhe para comemorar a passagem do ano.

Lamentei com Noelle o número de eucaliptos e pinheiros caídos — muitas borboletas morreram com o temporal.

Lamentei em silêncio que a noite de Natal tivesse passado tão rápido, que Sally não pudesse ficar ao meu lado. Ah, esse era o meu maior lamento!

— Vou te falar duas coisas, uma boa e outra ruim. A ruim é que Ítalo deu um tapa na cara da Sally quando voltamos do chalé. Não fez isso na frente de todos, mas, no pergolado, eu vi.

— Covarde — rosnei entre os dentes.

— A boa é que ela vai pedir o divórcio e pediu que eu não comentasse com ninguém.

Uma luz de esperança se acendeu.

— Não a procure Mark. Eu conheço a minha filha. Deixe que decida sozinha.

Os fogos estouravam no céu e ela ergueu a taça num brinde.

— Feliz ano novo, Mark. Que o ano que se inicia seja repleto de borboletas. Vamos sair do casulo e voar junto com elas.

PRIMAVERA DE 2005

Mark

Parece que o verão chegou mais cedo. Thomas está sempre reclamando do calor. Comprei um ar-condicionado mais potente para instalar no chalé.

— Thomas, trouxe um presente! — gritei.
Ninguém apareceu.
— Thomas, onde você está? — revistei o chalé e entrei no bosque à sua procura.

Ele costuma fiscalizar o bosque e destruir as armadilhas que acha pelo caminho. Quando encontra alguma, pragueja: "Gostaria de colocar essa armadilha no pau de vocês, seus canalhas!".

Eu o avistei dentro do bosque.

— O que está fazendo aí?

Ele estava sentado como um índio, com os olhos fechados, na cova do Ted. Perguntei se estava rezando e toquei seu ombro. Ele tombou para trás e eu gritei.

Gritei e corri o mais que pude para longe dali.

Tive um apagão.

— Está tudo bem, meu querido. Você está tremendo, olha para mim. — Noelle colocou um cobertor sobre meus ombros.

Já estava escurecendo e eu vi a ambulância fechando as portas traseiras.

— Ele vai ficar bem?

— Foi um ataque cardíaco. Ele está com as borboletas agora, Mark.

Eu deitei a cabeça no colo dela e chorei como uma criança que pede socorro.

Muitas perdas... eu não aguento mais.

Aguentamos, sim. Temos as lembranças, o amor guardado no peito, apesar da ausência.

Thomas morreu levando seu amor misterioso com ele. Gostaria de saber quem era para poder conversar sobre ele. Só mais uma forma de mantê-lo vivo dentro de mim.

Meu amigo, meu irmão, meu pai.

Não vou tecer comentários sobre a morte.

Se viramos adubo na terra num ciclo interminável, uma contribuição para a mãe natureza na forma de agradecimento, porque enquanto pisamos no seu ventre durante a vida, tudo o que fazemos é tentar destruí-la.

Se nosso espírito voa livre com as borboletas sem olhar para trás, a caminho de um novo estágio de aprendizado, porque temos muito o que aprender.

De qualquer forma, uma coisa é certa. O amor é uma energia eterna, porque quem fica carrega esse sentimento para sempre. O que será feito dele, não sabemos.

O chalé agora é meu. Thomas me deixou em testamento.

Não sei o que seria de mim sem Noelle e me agarrei mais ainda a ela.

As conversas agora eram também na varanda do chalé.

Jardim, chalé.

Chalé, jardim.

— Você tem que encontrar alguém, Mark.

— Por que está dizendo isso? Sally...

— Sally continua casada com Ítalo.

— Ela desistiu do divórcio?

— As pessoas são teimosas, Sally é teimosa. Não sei, talvez tenha decidido dar uma segunda chance ao seu casamento. — Desviou o olhar e focou no jardim. — Ou continua presa no casulo errado. Você merece ser feliz. Tem se dedicado muito a mim e eu agradeço, mas está na hora de seguir em frente.

A decepção deve ter ficado evidente no meu rosto.

— Venha comigo. — Puxou meu braço e me levou para a lateral da casa. — Olha só. — Apontou para a trepadeira de rosas que subia até a janela do quarto da Sally.

Eu me lembrei das vezes que subi por ela para entrar no quarto dela.

Noites de amor.

— Sem buracos, sem rosinhas esmagadas — falou e sorriu.

Ai, meu Deus, Noelle sabe!

— Não se envergonhe... já fui adolescente e nessa fase achamos que sabemos tudo, que somos capazes de enganar a todos, principalmente os adultos.

Olhou para a trepadeira.

— Eu ficava pensando que tipo de bichinho estava esburacando a minha roseira. Seria um guaxinim? Um gato? Ou os pés de um garoto apaixonado?

— Noelle... — Meu rosto queimava.

Ela jogou a cabeça para trás numa gargalhada.

— O que não fazemos por amor? Mas não é sobre isso que eu quero falar. Olha só, está vendo as borboletas?

Eu assenti, envergonhado por ter sido descoberto.

— Pois bem, agora observe as rosas e os botões fechados. Onde as borboletas estão pousando? Nos botões fechados?

— Não — respondi. Não sabia onde ela queria chegar. — Só nas rosas desabrochadas.

— Se você fosse uma borboleta, onde gostaria de pousar?

— Nas rosas desabrochadas, é claro. Como extrair o néctar de um botão? — respondi sem entender direito.

— Procure uma flor para pousar. Sally é como um botão fechado... não sei se vai desabrochar. — Apontou para um botão de rosa no chão. — Nem todos desabrocham.

— Noelle, pare de falar por metáforas e diga o que está acontecendo.

— Você precisa encontrar sua flor para pousar. Está perdendo seu tempo. Talvez Sally nunca esteja pronta para viver esse amor que você merece. O tempo está passando e eu me preocupo com você.

— Ela comentou alguma coisa?

— Não, ela não comenta nada.

— Preciso conversar com ela.

Ela me puxou pelo braço e me levou de volta para a varanda.

— Experimente pegar um botão de rosa e forçá-lo a abrir; ele vai morrer.

Bebi um gole de suco para molhar a garganta seca.

— Eu ainda a amo — desabafei.

— Você é um homem como poucos, meu querido. Admiro a sua capacidade de amar, a sua sensibilidade, o seu romantismo. Escolha com cautela a flor em que vai pousar.

— Eu escolhi você. Quer casar comigo?

— Se eu fosse uns anos mais jovem, diria sim para esse homem maravilhoso que está me abraçando.

Esse é o problema do amor. Você pode mandar ele ir embora, mas ele fica. Fica ali, escondido, doendo, sangrando, mas fica e você aprende a conviver com a dor da saudade.

Ficamos abraçados; ela é a minha âncora, eu perdido nela.

OUTONO DE 2005

Sally e Ítalo

Ítalo transformou minha vida num verdadeiro inferno ao descobrir que eu estava grávida e que o filho não era dele. Sua reação foi cruel; ele fez de tudo para que eu perdesse o bebê. Num dos episódios, me empurrou da escada e se desculpou, dizendo que foi só um "esbarrão". Em outra ocasião, socou minha barriga num de seus acessos de raiva e eu o denunciei por abuso doméstico.

De nada adiantou e, como retaliação, ele me tirou do emprego.

O delegado da polícia de San Luis Obispo o via como um modelo, por causa de uma cirurgia plástica que havia deixado o corpo da sua esposa perfeito.

Ele é um homem carismático, inteligente e amável, além de ser narcisista com tendências à psicopatia.

Os psicopatas são muito inteligentes, ardilosos e incapazes de ter empatia por alguém. São manipuladores e gostam de exercer poder e controle. Agora ele tinha total poder e controle sobre mim, sem dinheiro e refém das suas vontades.

Eu não tinha com quem contar. As poucas vezes que fui visitar mamãe, ele foi junto. Ela sofreu um ataque cardíaco e eu nem pensaria em colocar esse peso nas costas dela; ela não suportaria.

Mamãe não ficou sabendo da gravidez; ele não me deixou contar. Suas intenções eram claras: ele não queria que meu filho viesse ao mundo.

Com o passar do tempo, mostrava o seu lado bom e seu lado ruim; às vezes carinhoso, às vezes violento. Chorava depois das suas crises de raiva e eu, com pena, dava uma nova oportunidade.

Ítalo me perseguia a cada minuto do dia para saber onde eu estava. Não dormíamos mais juntos. Levei minhas coisas para o quarto de hóspedes, encontrando na escrita o meu refúgio. Eram os meus momentos de paz.

Na maternidade, conheci Nany, uma estagiária de enfermagem à procura de emprego. Sobrevivente do furacão Katrina, veio do Sul da Flórida quando perdeu toda a sua família, em agosto de 2005.

Ela estava comigo na hora do parto e amparou Sam, que nasceu no início do outono, como uma borboletinha que sai do casulo.

Nós nos tornamos amigas e a levei para morar comigo. Ela agradecia, dizendo que encontrou sua segunda família, porque se apaixonou pelo Sam e eu lembrava sua irmã que morreu com a passagem do furacão.

Nany foi um presente de Deus. Mãe de primeira viagem, eu não sabia direito cuidar de um bebê e ela foi um bálsamo na minha vida. Aos poucos, ela ficou sabendo do comportamento do Ítalo e pedi que tomasse cuidado com ele.

Ele impôs suas regras. Controle era a palavra de ordem.

— Se quer morar aqui, vai ter que seguir minhas regras. Cuidado com o que fala e com quem fala.

Controle. Poder e controle.

Ítalo tentava me quebrar psicologicamente através do meu filho, que continuava a ser o alvo das suas agressões.

Levei Sam para mamãe conhecer e ela ficou deslumbrada com o neto.

— Então, foi por causa do bebê que você desistiu do divórcio?

Assenti, sem coragem de contar a verdade.

Quando voltei para casa, ele andava furioso de um lado para o outro da sala.

— Você me desobedeceu, vadia! — gritou e Sam começou a chorar.

Eu já sabia quando ele se transformava num demônio; seus olhos se tornavam negros e profundos como a entrada do inferno. Seu rosto sem expressão, impassível.

Nany correu para a sala quando ouviu Sam chorar.

— Nany, tranque a porta do quarto! — Entreguei Sam a ela e peguei o telefone.

— Foi levar seu filho para o pai conhecer? — falou enfurecido.

Corri na cozinha e peguei uma faca, já estava farta das suas torturas.

Eu recuava em direção à porta com a faca apontada para ele, enquanto ligava para a polícia.

— Não chegue perto de mim, eu vou te matar.

— Vai me matar com essa faquinha, vadia?

Minha boca estava seca quando falei com a atendente; eu chorava e gaguejava ao telefone, tentando fazê-la entender o que eu dizia. Suava tanto nas mãos que quase deixei o telefone cair.

— A polícia está chegando, agora você vai ver!

— Ah... a polícia — debochou.

Segurou minha mão, cortou o próprio braço e o sangue tingiu de vermelho a sua camisa branca. Abriu a porta, me abraçou por trás, apertando a faca na minha mão.

— Não precisam se preocupar, ela está sob controle — falou para os dois policiais.

Eu devia estar com cara de louca, porque os policiais me olharam preocupados. Ítalo exibiu o braço cortado e minha mão empunhando a faca.

— Minha mulher está em crise de "depressão pós-parto", eu esqueci de dar o remédio. Vai ficar tudo bem, não é, amor? — disse ele, beijando minha testa. — Não fique incomodando a polícia toda hora, querida. Eles têm mais o que fazer.

Jogou a faca no chão e apertou a mão dos policiais.

— Digam ao delegado que Ítalo Giordano mandou um abraço e um pedido de desculpas.

Corri para o quarto, Nany abriu a porta e eu me atirei soluçando na cama.

— Não chore, Sally. Nós vamos achar uma saída.

— Mais uma ordem a ser seguida: se sair de casa, seu filho fica. Se você não voltar, quem sabe o que vai acontecer com ele? — Ítalo entrou no quarto.

Por que ele não me deixa ir embora com meu filho? Ele não é o pai do Sam, nunca será.

Percebi que Sam chorava toda vez que ele se aproximava e descobri que beliscava meu filho. As crises de choro se tornaram constantes.

Uma vez, Sam chorava tanto, que ele o sacudiu sem parar.

— Cala a boca, moleque chato!

Nunca mais deixei que ele chegasse perto do Sam.

Nick veio me visitar com Nina. Ítalo se comportou como o marido mais amoroso e um pai atencioso. Resumi para Nick o que estava acontecendo, mas acho que ele não acreditou.

Pouco tempo antes de Sam completar um aninho, veio a notícia da morte da mamãe. Ítalo disse que eu poderia me despedir daquela "velha maluca", mas que Sam ficaria em casa.

Hora de agir.

— Nany, precisamos de dois celulares novos, mas só tenho dinheiro para um.

— Eu compro o outro, mas... se precisar... — Abriu a gaveta de cuecas do Ítalo e apontou. — Tem aqui. — Deu uma risadinha.

— Dois mil dólares! Dá para o gasto. — Abri um rolinho de notas preso com elástico.

Já com o telefone novo, liguei para Kelly, mãe de um ex-aluno que se tornou minha amiga nas reuniões de pais e professores.

Ela morava num casarão fora do centro de San Luis Obispo e eu sabia que alugava quartos. Imediatamente, ela ofereceu ajuda.

Nany arrumava a mala do Sam, enquanto eu escrevia um bilhete na mesa da cozinha:

"*Não procure por Sam ou Nany; não vai achá-los. Se quiser falar comigo, estou na casa da mamãe com o Nick para providenciar o enterro. Só não se esqueça de que em Pismo Beach o delegado não é seu amigo, mas se quiser conversar com a polícia, posso chamar o Leroy, delegado e amigo da mamãe.*

Não vou voltar mais, nos vemos na assinatura do divórcio. Vai se foder."

— Nany, se apresse! Leve só o celular novo. Vida nova, irmã, vida nova!

OUTONO DE 2006

Mark

Nadar, nadar e nadar... não sei por quanto tempo nadei, perdido no movimento incessante da água fria, mas revigorante.

Quando morei em San José, entrei de sócio para um clube e frequentava a piscina para exercitar os músculos. Às vezes nadava sozinho e me lembrava da voz da Sally me incentivando com o cronômetro na mão: "Vai Mark, você consegue!".

Parei de frequentar o clube.

Atravessei a Park Drive voltando para casa e detive meu olhar no jardim da Noelle. A casa estava fechada, mas o jardim mantinha a sua beleza.

Soube da sua morte quando fechava a loja no shopping; um amigo da época da escola que vendia cupcakes me contou. Seus cupcakes eram deliciosos e ele sempre levava um para mim.

— Ela morreu na exposição das borboletas, sabia?

Ah, meu Deus! Eu ia com ela! Combinei com Noelle que a levaria. Eu participava de um seminário em Los Angeles e só poderia ir no último dia, mas um engarrafamento monstruoso impediu que eu chegasse a tempo. Tentei falar com ela, mas seu telefone estava desligado.

Será que eu poderia ter socorrido Noelle a tempo?

Tenho trauma de velórios e cemitérios. Prefiro conversar com ela na varanda do chalé, quando virar uma borboleta, como me disse uma vez. Mesmo assim, talvez eles precisassem de mim nessa hora tão dolorosa.

Liguei para o Nick, ele não atendeu. Para Sally eu não ia ligar; desde o nosso encontro no Natal eu não falava com ela. Depois da minha conversa com Noelle, decidi não a procurar.

Nick me aconselhava a não me aproximar dela, porque éramos como gasolina e fogo e ele não queria um incêndio na família. Ele sempre foi o meu melhor amigo e eu aceitava seus conselhos. Noites de bebedeiras soltavam a nossa língua. Nós sabíamos tudo um do outro.

Relembrei uma de nossas conversas, quando contei sobre aquele verão mágico que passei com Sally no chalé do Thomas, enquanto ele estava no Texas.

— Mark, seu filho da puta, você comeu a minha irmã? — perguntou ele, boquiaberto.

— E estaria comendo até hoje se ela não fosse tão teimosa.

— A marrentinha... — Nick riu.

— Uma mulher doce, amorosa, minha Sally.

— Não chegue perto dela, cara. — Tentou encerrar a conversa.

— Só se ela não quiser.

— Mark, Sally está casada.

— Em momento algum eu disse que vou atrapalhar a vida dela, disse? Qual é o seu problema? Você sempre atrapalhou o meu namoro com a Sally.

— Eu nem sabia disso. Agora ela está casada com um cara maluco.

— Se ela quiser, eu levo o maluco para o hospício ou para a prisão.

— Nada me faria mais feliz do que ter você como meu cunhado, mas vocês fizeram suas escolhas.

— Escolhas erradas, mas a vida está aí para que possamos consertá-las.

— Mark, fique longe dela — repetiu ele, encerrando a conversa.

Eu me sentia sem norte, sem saber o que fazer. Perdi minha âncora. Uma sensação de vazio e de saudade de Noelle se apoderou de mim. Eu me lembrei de uma conversa com meu pai, quando ele passava por uma situação difícil. Perguntei o que ele faria e a resposta foi: "Assim que eu acabar a minha dose de uísque, dou a resposta".

Hoje vou me permitir mais que uma dose.

Outono de 2006

SALLY

Acordei no dia seguinte, com as palavras do diário da mamãe: "*cartas com palavras de amor manchadas de lágrimas...*". Lembrei dos bilhetes que Mark escreveu e voltei ao bosque. Precisava ler todos eles mais uma vez e juntar a minha tristeza com a da minha mãe antes de voltar para o meu filho.

Mark, o que foi que eu fiz?

Vou mostrar os bilhetes a ele e contar a verdade. Não importa o que aconteça, eu preciso falar.

Parei na frente do chalé. As frases do diário dançando diante dos meus olhos.

"*... entre risos e lágrimas, fizemos amor a noite toda... o vinho... dançamos abraçados...*"

A caixa.

Não estava lá.

Procurei em todo canto e não achei. Entrei em pânico.

Mark, Mark, Mark. O meu amor, Mark. Alguém levou.

Corri até a casa dele, o coração na garganta, sem fôlego. Rezava para que ele estivesse lá. Minhas pernas vacilaram na corrida; eu pedia por um milagre.

"*... ele implorava para eu ir embora com ele e eu quase cedi...*"

Bati na porta ofegante e gritei seu nome. Ele abriu, sem camisa, mostrando aquele colo onde afundei tantas vezes depois de fazer amor.

"... *mas, se eu mudasse de ideia, no dia seguinte estaria aqui para me buscar...*"
— Sally? — Notei que ficou surpreso ao me ver. Seus olhos estavam vermelhos. Percebi que havia chorado. — Eu lamento muito, de verdade, mas não sabia se seria conveniente procurar você. Noelle vai estar no meu coração para sempre...
— Preciso de ajuda, me ajude a procurar — interrompi suas palavras.
— Procurar o quê?
— A caixa, a minha caixa, a nossa caixa — respondi ao recuperar o fôlego.
Ele esboçou um sorriso triste.
— Entre e descanse um pouco. Vou pegar um copo d'água.
Eu não sabia como começar a falar, mas tinha que contar a ele, pela minha mãe, por tudo. Bebi um pouco d'água. Minha garganta estava seca, grudada no meu coração que foi parar nela. Eu mal conseguia respirar.
— Pode falar.
"... *meu amor agora voa...*"
— Não sei por onde começar, eu...
Ele segurou a minha mão.
— Fale com o coração.
"... *vamos voar juntos com as borboletas até o infinito...*"
Levantei do sofá.
— Falar com o coração? Se falar com o coração, eu vou gritar!
— Só fale — disse ele, segurando meus braços com aquele sorriso que eu amei a vida inteira.
— Mark, depois que eu acabar de falar, por favor, me expulse daqui, mas preciso desabafar com você.
As palavras saíram da minha boca em cascata, um pouco desordenadas, com frases desconexas, mas ele entendeu. Senti vergonha e alívio depois do meu discurso atropelado.
— Você entendeu?

— Tudinho.

— Vai me ajudar a procurar a caixa?

— Não — disse com ar de deboche.

Fiquei com raiva e avancei nele.

— Como não? — Estapeei seus ombros. — Depois de tudo o que eu falei? Não tem nenhuma consideração?!

— Calma, marrentinha! — Segurou meus pulsos e riu.

— Covarde — rosnei.

Sem tirar aquele sorriso imbecil da cara, me jogou no sofá.

— Fique aí que eu já volto.

Eu vou matar você, Mark.

Voltou com uma chave e destrancou uma gaveta. Tirou alguma coisa de lá e escondeu atrás das costas. Eu desconfiei.

— Mark Anthony Newland, o que está escondendo?

— É isso que você está procurando?

A caixa.

— O que você fez?! — perguntei com os olhos arregalados.

— Achei debaixo do chalé do Thomas. Bonitinha, não?

Tentei tirar da mão dele, ele recuou o braço.

— Não. Agora quem vai falar sou eu. Fica sentadinha aí e me escute.

Cruzou os braços nas costas e escondeu a caixa.

— O que é que eu faço com você, Sally Marie Newport? Você não tinha o direito de fazer isso comigo!

Bateu com a caixa na mesinha.

— Não mexa aí. Essa caixa é minha. São os bilhetes que escrevi. Você sabe disso — declarou ele, sorrindo com ironia.

— Como você descobriu?

Pegou outra caixa na gaveta e bateu uma na outra.

— Aqui estão os seus bilhetes. Fiquei fascinado. Quanto amor, quanta devoção! Você sempre escreveu muito bem.

— Como você descobriu que eram meus?

— Pelo papel, o mesmo da sua agenda. Depois você publicou seu livro e era o mesmo modo de escrever, a mesma emoção dos bilhetes. Caroline não escrevia nem uma vírgula. Seus olhos me fuzilavam, cheios de raiva.

— Como você foi capaz de me esconder isso, Sally? Depois... depois daquele verão que passamos juntos... Mentiu para mim, me fez acreditar que os bilhetes eram da Caroline. Não se sente culpada?

Eu não respondi.

— Você me jogou nos braços daquela garota fútil, vazia, como me alertou várias vezes que ela era. Eu achava que era só ciúmes; você implicava com qualquer garota que chegasse perto de mim.

— Você também.

— Claro, você só tinha namoradinho babaca.

— É mesmo? — Foi a minha vez de sorrir.

— Não fique pensando que eu sentia ciúmes. Era só, era só... proteção.

— Eu entendo e agradeço a sua "proteção", quando tirou minha virgindade e fez amor comigo todos os dias daquele verão no chalé do Thomas.

— Sally, foi você que me deixou. Eu estava com o coração partido e confuso, sem saber o que fazer.

— Então você decidiu se casar com ela.

— Ela estava...

— Grávida, eu sei. Você não perdeu tempo e correu para os braços dela.

— Ela perdeu o bebê e o filho não era meu, descobri numa briga antes do divórcio. Além de fútil, ela era mentirosa.

Levantei e peguei as caixas; ele as tomou das minhas mãos.

— Não mexa aí, são minhas. Além do seu livro, são elas que me trazem conforto.

—Por que está falando isso?

—São problemas meus. Como vai o seu marido, o doutor Ítalo Giordano?

—Não quero falar dele, vai azedar a nossa conversa. Tenho um assunto para conversar com você, mas não pode ser agora.

—Você o ama?

—Se eu o amasse, não estaria conversando com você. Eu também estou me divorciando. Voltou a morar aqui?— desconversei.

—Voltei de San José... senti falta daqui. Você tem razão, a culpa do meu casamento ruim não foi só sua. Eu me sentia sozinho e abandonado e me agarrei à primeira tábua de salvação. Caroline.

Seu telefone tocou.

—E por falar nela...— disse ele, desligando o telefone.

—Não vai atender?

—Ela só quer dinheiro, e eu já disse que não vou dar mais. Vamos mudar de assunto. Não quero falar dela, quero falar de nós.

Apertou os olhos e encostou a cabeça no sofá.

—Acho que o amor, quando marca a nossa vida, deixa na lembrança o primeiro e o último encontro.

Abriu os olhos e segurou minha mão.

—Por encontro, estou me referindo à primeira e à última vez que fizemos amor.

Mark se levantou do sofá e ficou de costas para mim. Percebi que não queria demonstrar o que estava sentindo.

—A primeira foi mágica, inesquecível e o lugar não poderia ser outro, o chalé do Thomas. A última foi... torturante, uma tentativa inútil de te convencer que nosso amor não acabaria só porque eu não poderia estar com você todos os dias.

"Eu queria falar com seus pais, você não deixou.

"Eu queria te levar para Los Angeles, você me chamou de maluco.

"Eu queria achar uma solução, mas você só queria... sexo."

—Você está dizendo que eu te usei?
—É... me usou descaradamente e como uma doida, saiu do carro e foi embora.
Nós rimos.
—E ainda me chamou de "comestível"!
Nós não conseguíamos parar de rir.
—Você esqueceu do nosso encontro no chalé na noite de Natal?
—É claro que não, esse foi mais que especial, mas doloroso também. Não consegui te convencer a voltar para mim.
—Odeio admitir que fiz escolhas erradas — confessei, pensando alto.
—E por isso insistiu no erro? Ele te bateu, Sal, sua mãe me contou. Tenho vontade de socar a cara dele! — Fechou o punho. — Eu pensei em te procurar quando seu irmão me contou que ficou noiva. Tudo deu tão certo entre nós e, em seguida, tão errado nas decisões.

"Queria te mostrar que ainda éramos possíveis, queria olhar nos seus olhos, abraçar você para que entendesse que nada tinha acabado.

"Falei com seu irmão e pedi a sua maldita opinião e ele disse para eu ficar longe de você, que você estava feliz com o Ítalo, mas se eu te procurasse, estragaria sua felicidade.

"Eu argumentei que, se eu podia estragar a sua felicidade, então você não estava tão feliz assim. Ele respondeu pedindo para te deixar em paz."

—Você me fez feliz, Mark. Um amor intenso que permanece vivo. O meu primeiro amor, a minha primeira vez.
—Por que não disse isso antes? Poderíamos ter evitado tanto sofrimento! Eu não era feliz, você não era feliz. Eu nunca mais me apaixonei por ninguém, nunca senti com outra mulher o que vivemos juntos naquele chalé. Hoje, tenho certeza que um amor como o nosso só acontece uma vez, como Noelle falou em uma de nossas conversas.

— Minha mãe teve um amor assim. Sabia que ela escreveu um diário? Senta aqui que eu vou te contar uma história. — Bati no sofá. Quando terminei de contar, ele suspirou.

— Está explicado todo o amor que ela deixava transparecer nas nossas conversas.

— Você já viu o coração gravado na árvore?

— Não, você me mostra?

— Quer ir lá amanhã?

— Quero, sim. Podemos ver as borboletas.

— Combinado. Agora, eu preciso ir. — Levantei e peguei as caixas.

— Já disse para você não mexer aí.

— Devolva pelo menos a minha.

— Não. São minhas; você me deve isso.

Resolvi não discutir, mas eu estava disposta a recuperar a minha caixa.

— Até amanhã, marrentinha.

E como descobri mais tarde, nenhum dos dois dormiu naquela noite.

Mark parou no portão com as duas caixas na mão.

— O que vai fazer com elas? Vai me dar?

— Shh, não começa.

Caminhou calado ao meu lado; estava pensativo e melancólico. Senti vontade de pedir desculpas e contar tudo de uma vez.

— Mark, eu queria...

— Shh, não fale agora.

— Por quê?

Entramos no bosque.

— Vai assustar as borboletas.

Ele se emocionou quando mostrei o coração na árvore, mas não falou nada.

— Vem, vamos sentar na varanda. — Puxou minha mão e nos sentamos nos degraus.

Ficamos observando as borboletas, centenas delas voavam e se amontoavam nos galhos das árvores. Um merecido descanso; elas se preparavam para a jornada final até o México.

— Não se mexa, ela já vai sair daí... está só descansando um pouco. — Apontou para minha cabeça.

— Ah, como Noelle e Frank! — Recordei o diário da mamãe.

— Entendeu agora? Vai querer repetir o final?

A borboleta voou.

— Eu não vou deixar, não com nós dois. Vem aqui. — Puxou minha mão e me entregou uma chave. — Abre.

— Abrir o quê?

— A porta, marrentinha.

— Por que você tem a chave do chalé?

— Thomas me deixou em testamento. Eu o ajudei até o final da vida a manter esse chalé de pé.

— Eu não acredito... Vai virar um museu?

— Não mais, mudei de ideia.

— O que vai ser então?

— Onde você prefere que eu guarde essas caixas? No lugar onde encontrei a sua, ou aqui dentro?

Olhei em volta, o chalé estava impecável. Mark não só manteve como sempre foi, como restaurou algumas peças que precisavam de reparo.

— Gostou? — perguntou, se gabando.

— Está lindo, aconchegante... Por que mudou de ideia?

— Porque nós vamos morar aqui, bem aqui. — Ele me abraçou e meu coração quase estourou de alegria.

— Mark, nós não conversamos, eu tenho que te contar...

— Você só tem que me amar. Esse vai ser o seu objetivo daqui para frente.

Voltamos à varanda e ele apontou uma árvore.

— Depois que as borboletas forem embora, vou gravar naquela árvore nossos nomes, dentro de um coração maior, é claro. Mark

Anthony Newland e Sally Marie Newport — falou em tom solene. — Não sei se combina, parece eco. — Deu risada.
—Você me perdoa? —Abracei seu pescoço e cheirei seu cabelo.
— Não tenho o que perdoar, amor. Você se precipitou, eu também, ou talvez a nossa história tivesse que ser desse jeitinho mesmo.
—Você não vai me deixar?
— Nem pense nisso. Você não sai desse chalé tão cedo. Temos que recuperar o tempo perdido — disse ele, me pegando no colo e fechando a porta com o pé.
— Tem certeza? Eu ainda preciso conversar com você.
— Tão certo como nós dois estamos vivos, sente só. — Beijou minha boca.
Eu precisava dele. Tudo o que eu tinha para falar poderia esperar, porque ele não me perdoaria. Um intervalo no tempo, um descanso para a minha dor, da saudade que senti dele durante esse tempo e se eu contasse agora, ele me odiaria.
Fechei os olhos enquanto ele me levava para o quarto.
—Abre os olhos, Sal. Quero amar você olhando nos seus olhos. Nada nem ninguém vai nos separar novamente, eu prometo.
Ah, Mark.

MARK

Sally disse que tinha algo importante para contar e me levou à varanda. Eu me sentia radiante em ter de volta a mulher que sempre amei. Abracei sua cintura e pedi que contasse logo, lá fora estava frio e eu queria levá-la de volta para a cama.

De repente, um som alto, uma dor aguda e minha visão escureceu. Quando abri os olhos, um cachorro lambia meu rosto e um homem estava de pé na minha frente. Não consegui ver quem era, estava escuro e minha visão embaçada pela dor não me permitia enxergar direito.

Tentei falar, minha voz não saiu. A dor era insuportável e percebi que sangrava. Levei um tiro? O homem à minha frente não se mexia, com o cão ao seu lado. Onde estava Sally? Será que era tudo um sonho? Ele chutou algo na minha direção, virou as costas e sumiu com o cachorro entre as árvores. Tateei e encontrei meu celular, chamei a emergência e desmaiei.

SALLY

— Nick, preciso de você agora! — Minha voz soava histérica ao telefone.
— O que aconteceu? Onde você está?
— Em casa. Ítalo me trancou aqui.
— Onde está o Sam?
— Num lugar seguro com a Nany.
— Onde está o Ítalo?
— Não sei. Ele atirou no Mark lá no chalé. Acredita em mim agora?!
— Ah, meu Deus!
— Corre lá, Nick. Não sei se ele foi socorrido, se está morto...

NICK

Quando cheguei ao chalé, a polícia já investigava o local. Fui informado de que Mark estava no hospital.
— Sou o delegado Leroy. Quem é você? — perguntou ele quando me aproximei.
— Nick, amigo do Mark. Quem atirou nele foi Ítalo Giordano, marido da minha irmã. Ele é italiano, mas tem cidadania americana. Quer matar a minha irmã também. Não conseguiram pegar o cara?

— Não. Preciso do endereço dela.
O delegado, acompanhado de dois policiais, saiu em velocidade para a casa da Sally, enquanto eu entrava no carro e acelerava até o hospital.

MARK

Voltei para casa enfaixado. O tiro atravessou meu ombro.
Caroline ligou:
— Mark, preciso da sua ajuda. Ele está chegando — falou com a voz trêmula.
— Ele quem, Caroline?
— Ítalo. Ele vai me matar — soluçou.
— Onde você está?
— Ele me trancou em casa. Disse que se eu chamar a polícia, vai me matar. Ele é louco e eu estou com medo.
— Estou indo. Fique calma e se proteja.
Liguei para o Nick:
— Preciso da sua ajuda, não posso dirigir. Venha logo que eu explico no caminho. Você tem uma arma?
— Não. Arma para quê?
— Venha logo, cara.
Corri até o galpão de ferramentas e achei um pé de cabra. Assim que Nick chegou, pulei dentro do carro. Enquanto corria pela estrada, ele perguntou:
— Como Caroline conheceu Ítalo?
— Não faço a menor ideia; só sei que ela está apavorada. Temos que ter cuidado... não quero levar outro tiro.
— Sally também não está em casa, o delegado não a achou. Por que não chamamos a polícia?
— Ela disse para não chamar. Esse Ítalo é maluco, anda armado e pode atirar nela. Precisamos avaliar a situação primeiro.

Estacionamos perto da casa e nos aproximamos com cautela. As luzes estavam apagadas.

— Qual é o carro dele?

— Acho que não está aqui; não tem nenhum carro. — Nick olhou pela fresta da garagem.

Rodeamos a casa e encontramos uma portinhola de acesso ao porão; com o pé de cabra, conseguimos abrir. Nick entrou e me ajudou a passar pelo espaço estreito. Acendeu a lanterna e olhou em volta.

A casa estava às escuras e silenciosa. Subimos as escadas de acesso ao segundo andar em silêncio.

— Graças a Deus! Pode acender a luz, ele já foi embora. — Ouvi a voz da Caroline.

Eu me assustei ao vê-la algemada à cama.

— O que está acontecendo?

— Por favor, me tirem daqui. A chave está na gaveta da mesinha.

— Miserável! — rosnei ao conseguir abrir as algemas.

Caroline estava com o rosto machucado. Falou sobre Ítalo, como se tornaram amantes e os planos dele.

— Desculpe, Mark. Eu falei com ele sobre você e achamos engraçadas todas as coincidências. Ítalo gosta de sexo selvagem. Ele me trouxe para casa e me algemou na cama, disse que era só uma brincadeira.

Nick observou o rosto dela.

— Brincadeira sem graça. Você gosta disso?

— Por que não ligou para a polícia? — perguntei.

— Porque ele sempre está armado e me ameaça o tempo todo. Hoje, aproveitei um momento de distração dele e escondi meu telefone embaixo do travesseiro.

Ela massageou os pulsos.

— Eu não permitiria que ele matasse você, uma pessoa boa que nunca fez mal a ninguém. Falei que o denunciaria à polícia. Fui burra, deveria ter feito tudo com a boca fechada.

— Onde está Sally, Caroline?
— Não sei... juro que não sei.
— Vem, vou te levar daqui.
Caroline foi submetida a exame de coleta de material genético para comprovar seu depoimento. O delegado estava lá para conversar com ela e disse que não encontrou Sally, mas que as buscas continuavam.
Entrei apressado no carro com Nick.
— Para onde vamos agora?
— Para a casa do Ítalo.
— É aqui. O carro dele é aquele ali.
Nick estacionou.
As luzes da cozinha estavam acesas. Nick apagou os faróis e deixamos as portas abertas.
— Devo ligar para a polícia?
Mostrei o pé de cabra.
— Não. Vai dizer o quê? Que estamos assaltando a casa dele?
Nick riu.
É claro que poderíamos ter chamado a polícia e denunciando esse cara. Antes, porém, eu tinha contas a acertar com ele.
Encostado na parede externa da cozinha, ouvi Sally chorando.
— Por favor, eu quero ficar com meu filho.
Ítalo bateu nela.
— Vadias não têm direito a nada. Vai ficar aqui até quando eu quiser!
— Filho? Sally tem um filho? — perguntei sem entender.
— Pare de chorar! — Ítalo levantou a mão.
— Já chega! — Chutei a porta da cozinha. — Seu covarde, venha bater em mim! — gritei.
Ítalo tentou correr para pegar a arma; eu joguei o pé de cabra nas pernas dele e o atingi em cheio. Ele caiu com um grito de dor. Eu subi em cima dele, socando a sua cara de covarde várias vezes.

— Pare! Não se iguale a ele, Mark! — Nick gritou.

Eu parei com o punho fechado no ar, tentando me controlar. A minha vontade era matar o covarde de pancada.

— Procure alguma coisa para amarrar esse canalha. Sally, ligue para a polícia.

Só saí de cima dele quando consegui imobilizar seus braços. Logo em seguida, a polícia chegou com a ambulância.

Eu e Nick fomos levados para a delegacia; Sally e Ítalo, para o hospital.

Antes de entrar no carro da polícia, eu me dirigi aos policiais.

— Não deixem aquele cara sozinho com ela e mantenham as mãos dele imobilizadas. A não ser que queiram encontrá-la morta quando chegarem ao hospital.

LEROY

Eu estava saindo do hospital após colher o depoimento da Caroline e voltei correndo ao atender o telefone. Entrei no quarto onde Sally estava:

— Você é a esposa do doutor Giordano?

— Estou me divorciando desse canalha.

— Sinto muito por sua mãe. Noelle foi uma das pessoas mais delicadas que conheci. Você está bem?

— Eu sim, ele é que não está. Um anjo socou a cara dele.

— Falo com você mais tarde.

Voltei ao saguão do hospital.

— Para onde levaram Ítalo Giordano?

— Terceira porta à esquerda do corredor.

Invadi o quarto.

— E aí, valentão, gostou da surra? Ah, machucaram a sua "perninha"?! — Apertei a canela dele que gemeu de dor.

— Desculpe, isso aí vai doer por um bom tempo. Eu estava cansado. Era tarde e eu queria assistir ao jogo do Super Bowl. — Vai, conta para o "titio" aqui, quem fez essa maldade com você? — Apertei a outra canela. Além de cansado, eu estava irritado por Ítalo ter fugido. Eu odiava deixar um bandido escapar. Um policial apareceu na porta. — O senhor quer que eu fique de plantão? — Não precisa. Passe para cá esse brinquedinho aí. — Apontei para as algemas. — Pronto. — Algemei o doutor à cama. — Olhe só que bonitinha essa pulseira que você ganhou. Viu como eu sou bonzinho? Ganhou até um presente. Não saia daí, nos vemos amanhã. — Apertei de novo a canela dele.

A enfermeira chegou com um sorriso nos lábios.

— Boa noite, Leroy! Estamos ganhando. Se for para casa agora, dá para assistir ao final do jogo.

— Que maravilha, Kate! Vamos embora. — Abracei o policial.

— Eu quero fazer xixi! — gritou o doutor.

— E o que te impede, doutorzinho?

— Eu estou algemado!

— Você tem a outra mão livre. Não algemei as duas porque estamos em contenção de despesas e o policial aqui só tinha um par de algemas.

— Eu quero meu advogado!

— Seu advogado, que por acaso eu conheço, torce para o mesmo time que eu. Portanto, ele não virá aqui hoje; disso eu tenho certeza.

— Eu exijo falar com ele!

— Ãh, Kate, o Godzilla está de plantão hoje?

— O fisioterapeuta? — Kate riu.

— Isso mesmo.
— Acho que sim. Tenho que verificar.
— Cara — falei, batendo no peito dele —, você precisa conhecer o Godzilla. Ele mede dois metros de altura e eu já o vi entortar uma chave de roda com as mãos!
A enfermeira virou de costas para rir e eu continuei:
— É o melhor fisioterapeuta do hospital! Quer que eu peça para ele fazer uma massagem nas suas "perninhas"?
— Isso não vai ficar assim! — Ítalo Giordano se revoltou.
— Ah, mas não vai ficar mesmo, pode ter certeza! — Dei tapinhas no seu rosto inchado. — Até amanhã! Vou assistir ao jogo, nós vamos ganhar!
Levantei o punho no ar e me retirei.

MARK

Chegamos ao hospital para ver Sally.
— Como você está?
— Um pouco assustada, mas estou lidando bem com isso. Precisamos conversar, mas não agora.
— E o Ítalo? — perguntou Nick.
No mesmo instante, uma sirene soou nos corredores.
O delegado chegou esbaforido no quarto, acompanhado de vários policiais.
— Onde ele está?
— Ele quem? O Ítalo?
— Ele não está no quarto. Alguém abriu a algema dele. Vou deixar dois policiais aqui na porta. Bom trabalho, Mark. Gostei da cara amassada e das "perninhas" roxas daquele miserável — disse ele, apertando a minha mão.
— Eu quero ir embora. — Sally se dirigiu à porta.
— Sally, estamos todos enfrentando desafios. O importante é que estamos juntos e vamos superar cada obstáculo.

Nick concordou e passamos um tempo discutindo estratégias para lidar com a situação. A fuga do Ítalo tornou tudo mais urgente e a segurança da Sally era a minha prioridade.

— Tudo bem, vocês dois. — Leroy apontou para os policiais. — Levem a senhora para casa e não saiam de perto dela. Podem me ligar a qualquer hora.

Ele tirou do bolso uns cartões e nos entregou.

— Vamos! Precisamos correr — Leroy falou para os policiais.

— Quer que eu vá com você, Sally?

— Preciso resolver algumas coisas e encontro com você amanhã no chalé.

— Você está bem? Precisa de ajuda?

— Só de um beijo.

— Temos que conversar. Por que me escondeu que tem um filho?

— Precisamos de calma e privacidade para ter essa conversa amanhã, no chalé. Agora me beije; preciso de você.

Eu a abracei e toquei seus lábios com suavidade. Sally segurou minha nuca, aumentando a intensidade do beijo.

— MARK! — Nick reclamou. — Temos que voltar à delegacia.

— Você é chato pra cacete!

Enquanto eu preparava o café na cozinha, ouvi um cachorro latir. Olhei pela janela e o homem estava na lateral do chalé, com o cachorro.

Eu o persegui dentro do bosque, mas não achei nada. Quando voltava, meu celular tocou.

— Mark, Ítalo está armado na varanda. Estamos de tocaia. Vai ser mais fácil pegar esse desgraçado do lado de fora do bosque. Fique aí e aguarde que ele saia; o chalé está sendo vigiado — disse o delegado.

Thomas não gostava de cortar o cabelo e o mantinha preso num rabo de cavalo, na altura da nuca.

Apesar da iluminação fraca do quintal, percebi que o homem, ao virar a cabeça de lado e acariciar o cachorro, usava um rabo de cavalo semelhante.

Thomas e Ted? *Eles salvaram a minha vida outra vez, ou estou vendo coisas?*

Eu desconfiava que Thomas e Ted tinham me socorrido na noite em que levei o tiro. A polícia vasculhou a área e não achou ninguém.

Agora, novamente, eles haviam chamado a minha atenção, fazendo-me entrar no bosque para que Ítalo não me encontrasse dentro do chalé. Teria que conviver com essa dúvida; talvez eu estivesse delirando, ou talvez...

— Como vai, campeão? Trouxe algumas coisas para você comer. Nina vem no sábado te ver. Você vai ser titio, sabia? — Nick chegou no chalé e me encontrou na varanda em busca de respostas..

— Até que enfim! Esqueceu como se faz um bebê?

— Ela queria contar a novidade, mas eu não resisti. E tem mais uma: vai ser titio e padrinho, você quer?

— Ah, que glória! Vou ser padrinho do filho do meu melhor amigo, que é um chato, mandão e não me dá sossego.

— Não sei se mereço que me chame de seu melhor amigo, me desculpe.

— Por que está pedindo desculpas?

— Fui um egoísta. Ignorei minha irmã quando ela precisava de ajuda. Não estou me justificando, não sabia que Ítalo era um cara tão perigoso.

— Onde está Sally?

— Não se preocupe, ela está bem. Deve chegar daqui a pouco e peço que escute o que ela tem para falar. Só quem já conviveu com um psicopata pode entender o que ela passou. Sally sempre amou você.

— Por que está chorando? Ela está bem mesmo?
— Está, agora está. Por favor, escute; se tiver que culpar alguém, culpe a mim. Ela não tinha como resolver a situação sozinha. Precisa de ajuda?
— Não, obrigado.
— Eu vou indo. Volto com Nina no sábado. Se precisar, me ligue.

Desliguei o telefone depois de conversar com o empreiteiro encarregado da modernização do bosque.

No projeto, uma loja na entrada com banheiros, venda de lanches e suvenires. Ao lado, será construído o museu das borboletas com distribuição de folhetos explicativos e aluguel de binóculos.

— Mark. — Ouvi a voz da Sally do lado de fora.
— Mark.

Corri para a varanda e ela estava imóvel diante dos degraus da entrada.

— Oi, amor. Por que não entrou?
— Antes quero te apresentar o Sam, Samuel.

Um rostinho tímido saiu de trás dela.

— Oi. — Sentei no degrau e abri os braços.

Sam, com passos incertos, se aproximou e sentou no meu colo.

— Nossa! Você já sabe andar?
— "Shou Shamuel".
— Que nome lindo! Igual ao do meu pai... Sally...

Examinei o rosto do Sam; o nariz e a boca iguais ao da Sally, os cabelos castanhos com reflexos vermelhos, os olhos acinzentados como os meus, a covinha no queixo...

— Esse é o melhor presente que já ganhei. Ele foi encomendado aqui nesse chalé, no Natal mais maravilhoso da minha vida.

Meu filho. Eu estava paralisado, olhando para o Sam. Ele deitou a cabeça no meu ombro e bocejou.

A MIGRAÇÃO DAS BORBOLETAS

— Quer dormir no meu colo?

Sam abraçou meu pescoço, eu o embalei caminhando pelo jardim, murmurando uma música. Sally observava a cena de boca aberta. Ele adormeceu em minutos e eu o coloquei na cama. Quando vi meu filho dormindo, me ajoelhei ao lado dele.

— Não sei se vou te perdoar, Sally, não sei.

— Vem conversar.

— Quero ficar olhando o meu filho. Você me privou disso por um ano.

— Ele faz um ano semana que vem.

— Semana que vem? Não vai dar tempo de preparar a festa! Quero fogos, balões, um bolo bem grande. Do que ele gosta? Palhaço? Super-Homem? Quem vamos convidar? Não tenho muito contato com crianças, eu...

— Calma, amor. — Sally me levou para a varanda.

Ela sentou no chão em frente à minha cadeira e contou tudo o que havia passado com aquele canalha.

— Ítalo é um psicopata, mas não imaginei que ele fosse capaz de querer te matar. No dia que ele atirou em você, me deu uma coronhada e me levou desacordada. Disse que ia me matar, botar fogo na casa e fugir para a Itália. Eu temi por meu filho, temi por você.

— Você devia ter me contado, Sally.

— E talvez você hoje não teria conhecido seu filho. Eu estava aterrorizada, Mark. Ninguém consegue imaginar o que é viver todos os dias sendo torturada e ameaçada por um psicopata. Só quem passa por isso sabe.

Sally se levantou.

— Vou entender se não quiser mais me ver; o filho é seu também e podemos resolver isso do jeito que você desejar. A Nany vem amanhã para ficar com Sam; eu vou embora e volto na semana que vem para buscá-lo. Está bom assim?

— Não sei... preciso pensar.
— Vou ficar na casa da mamãe, por enquanto. Estarei por perto, caso precise de alguma coisa. Não se preocupe, tem um policial fazendo a minha segurança. Se não se importa, vou passar essa noite aqui. Sam tem pesadelos e fico preocupada, caso ele acorde e não me veja.
— Ele vai dormir comigo.
— Ele pode ficar inseguro; você não sabe lidar direito com um bebê — disse ela, sorrindo.

Sam, de fato, acordou chorando.
— O que ele tem? Está doente? — perguntei para Sally.
— São os pesadelos.
— Deixe comigo. — Eu me adiantei e o peguei no colo. — Vamos ver as borboletas?
— Preciso trocar a fralda dele.

Sam resmungou, fez um gesto negativo com a cabeça e apontou para o jardim.
— Ele não gosta de usar fralda.
— Eu resolvo isso. — Tirei a fralda dele e o levei para o jardim. — Olha só, vou te ensinar, como o seu avô me ensinou, vamos molhar a plantinha. — Ajoelhei ao lado dele.

Sam sorriu o sorriso da Sally e eu fiquei fascinado.
— Vamos para a cozinha. O que o Sam gosta de comer?
— "Tata fita".
— Hum... batata frita é o meu prato preferido! Então agora você já sabe, quando quiser fazer xixi, chama o... o...
— Papai — disse ele, abraçando o meu pescoço.

De quem ele herdou tanta doçura? Da mãe e da avó, com certeza.
— Conversei com ele antes de vir para cá. Disse que hoje ele conheceria o melhor pai do mundo. Vou colocar a fralda nele. — Sally esticou os braços.

— Nada de fralda; vai molhar as plantinhas com o papai, certo?

— Yeah! — respondeu ele, batendo palminhas.

À noite, senti um movimento na cama. Abri os olhos e vi Sam ao meu lado.

— Oi, bebê? Veio dormir com o papai?

— Colinho. — Engatinhou e subiu no meu peito; bocejou, fechou os olhos e dormiu.

Eu senti meu coração se encher de um amor que nunca havia experimentado. Alisei suas costas e beijei sua cabecinha. Não dormi direito com medo de me virar e esmagar meu filho. Sam não teve pesadelos essa noite.

Na manhã seguinte, passei apressado pela sala com Sam no colo. Sally e Nany conversavam.

— Bom dia, meninas. Vamos molhar as plantinhas.

À tarde, escutei as risadas da Sally.

— E agora, Sally? — Nany ria ajoelhada ao lado do Sam no jardim.

— Deixe comigo.

Tirei Nany de lá.

— Xixi. — Ele me olhou.

— Vamos lá.

— Nany? — perguntou ele, balançando a cabeça.

— Nany e mamãe são meninas; não têm pintinho.

— É "baboleta", é? — sorriu.

Eu joguei a cabeça para trás numa gargalhada.

— Você é um gênio! Um gênio! — Joguei Sam para o alto. — Meu filho ainda vai fazer um ano e já sabe que meninas têm "baboleta"!

— Vamos vestir essa aqui? — Nany se aproximou com uma cueca na mão.

— Olha! Uma cueca igual a do papai! Não, a sua é mais bonita; a minha não tem um Super-Homem! Um Super-Homem! Vamos voar! Voar! — Rodei meu filho no ar enquanto ele dava gargalhadas.

Quer achar o Sam, é só me procurar.
Quer me achar, procura o Sam.
Eu o levei ao mercado e comprei tudo o que ele pediu.
Compramos roupas novas no shopping, nos lambuzamos com cupcakes e sorvetes e rimos juntos no show de palhaços.
— Vamos conhecer o tio Fred? — Levei Sam à loja. — Aqui está o nosso novo sócio.
— E aí, moleque? — Fred o ensinou a fazer um *hi-five*.
— Segura as pontas aí, Fred. Estou de licença-paternidade e te espero no sábado para a festa.
— Não vou faltar. Ele e o Tony vão se dar muito bem.
— É, vai ser o primeiro amiguinho dele! Não deixe de ir.
Eu observava Sam brincando na varanda, quando meu telefone tocou.
— Mark, delegado Leroy.
— Fale delegado, alguma novidade?
— Prendemos aquele canalha no aeroporto. Sua comparsa o dedurou quando viu que não tinha outra saída.
— Que comparsa?
— Sua ex-mulher, Caroline. Foi ela quem abriu a algema dele no hospital e o ajudou a fugir.
— Caroline? Mas ela estava...
— Ele batia nela, é verdade, mas ela até gostava. O doutor contou tudo durante o interrogatório. Você sabia que ela tinha uma apólice de um milhão de dólares no seu nome?
— Mas eu não fiz apólice nenhuma!
— Está com tempo para me ouvir?
— Pode falar.
— Pois bem, depois que o perito criminal coletou a amostra de vestígios biológicos da Caroline e encaminhou ao laboratório forense, recebemos o perfil do DNA. Adivinha de quem é?

"Você deve saber que o CODIS é o banco de dados de perfis de DNA mais completo que temos; esse é o método forense mais confiável que existe.

"Incluímos o perfil do DNA do doutor Giordano no CODIS e descobrimos que ele era suspeito de um crime ocorrido em Los Angeles. Ele estuprou e matou uma adolescente e o crime estava nos casos arquivados, porque não conseguiram achar o culpado."

"Foram encontrados vestígios de uma substância específica utilizada em cirurgias no corpo da vítima. Essa substância é comumente associada a procedimentos médicos."

"Além do DNA, a análise das impressões digitais na cena do crime também apontam para ele, reforçando ainda mais a ligação. Temos agora uma tríade de evidências: perfil genético, impressão digital e vestígios de uma substância cirúrgica."

"Estamos diante de um médico que, de acordo com os registros na época do crime em Los Angeles, estava sob suspeita, mas não conseguiram reunir provas suficientes."

— Onde ele está?

— A caminho de Los Angeles, vai conversar com o delegado de lá que é uma "dama delicada" nos interrogatórios, hi, hi, hi.

Ele ficará preso até o julgamento, por causa das evidências contundentes. Acredito que vá pegar, no mínimo, prisão perpétua, sem condicional. Por aqui, ele já é acusado de tentativa de assassinato, por ter atirado em você."

— E Caroline?

— Como ela colaborou com a justiça, confessando a sua participação no crime, acho que deve cumprir uma pena mais leve, uns dez anos, talvez. Depende da cabeça do juiz e da habilidade do advogado de defesa.

"Nós já sabíamos que o objetivo dele era matar você e a Sally e fugir para a Itália em seguida. Aguardamos até que ele saísse do bosque e o seguimos até o aeroporto."

"Gostamos de caçar ratos."
— Estamos livres? O pesadelo acabou?
— Acabou, Mark. Parabéns pela sua coragem.
— O que não fazemos por amor?
— Eu sei bem o que é isso, meu caro.
— Você tem filhos?
— Duas coisinhas lindas que enchem meu coração de felicidade e me ajudam a suportar as maldades com que sou obrigado a conviver diariamente.
— Meu filho Sam faz um ano no sábado. Você está convidado para a festa aqui no chalé. Não deixe de vir e traga a família.
— Vai ter cerveja?
— Vai, e batatas fritas também.
— Oba! Não posso perder essa!
— Venha me ajudar com os fogos. Não sou muito bom nisso.
— Deixe comigo, sou bom em atirar!
— Só não aponte para mim — falei, rindo.
— Pode deixar, meu caro. Dessa vez, você escapou.

Eu subi na escada e colocava as luzes em frente ao chalé para iluminar a festa, quando Sally chegou.
— Onde está o Sam?
— Andando de carrinho com a Nany.
— Ele se comportou direitinho?
— Meu filho é o melhor garoto do mundo.
— Tem se alimentado direito, ou você está dando porcarias para ele comer?
— Só porcarias, mas são porcarias muito gostosas. Tem piquenique todo dia no jardim. Estou craque em fazer mamadeiras e trocar fraldas.
— Você vai mesmo fazer uma festa?

— É claro que vou. Já encomendei os fogos, os balões, um bolo gigante de Super-Homem, a roupa do Super-Homem...
"Vai ter pipoca, cachorro-quente e muitas porcarias gostosas. Tatas fitas, se você quer saber.
"Nick vem com a Nina e vai filmar a festa, vou convidar os visitantes do bosque. No ano que vem, Sam vai chamar os seus próprios convidados, os amiguinhos que vai conhecer aqui."
— Mark...
Desci da escada.
— Você vai levar o meu filho? Faz ideia do que vou sentir quando ele for embora? Ele vai sentir falta também. Pergunte para a Nany como ele está feliz! Sam não teve mais pesadelos, Sally.
— Eu não podia, eu tinha medo...
— Estive pensando... Por que você não fica aqui comigo? Podemos tentar construir a família que um dia sonhamos ter.
— Por que deu tudo tão errado?
— Isso não importa mais. Se deu errado, temos a chance de fazer dar certo. Eu amo você, Sal. Em vez de perder tempo em achar um culpado, por que não podemos recomeçar do jeito certo? Como está o seu divórcio?
— Vou assinar os papéis no mês que vem.
— Não vai encontrar aquele canalha sozinha. Eu vou junto.
— Não preciso encontrar com ele. Esqueceu que Ítalo está preso?
— Melhor assim. Tem mais alguma coisa para contar? Não está escondendo mais nada?
— Só mais um detalhe... devo confessar que meu amor aumentou nas últimas vinte e quatro horas. — Ela abraçou meu pescoço.
— Quer casar comigo, Sally?
— Não precisamos casar, eu não...
— Precisamos, sim. Vamos fazer do jeito certo.

— Hum... meu amor aumentou mais um pouquinho nessa última hora. É claro que eu quero.
— Hum... aumentou mesmo? Só tem um jeito de saber se está falando a verdade. Vem comigo. — Tranquei a porta do quarto.
— Mark, a Nany... — Ela se apressou em tirar a roupa.
— O passeio de carrinho hoje vai ser longo. — Debrucei sobre ela.
— Não vai tirar a roupa?
— Tire pra mim... estou ocupado. — Eu a penetrei e parei. — Eu já estava com saudade do meu casulo.

Outono de 2008

A casa estava silenciosa sem a agitação e o tumulto das crianças. Sally foi ao shopping comprar fantasias de Halloween para o Sam e as gêmeas.

Recordei, emocionado, o dia do parto. Não existe emoção maior do que segurar um filho na hora em que ele chega ao mundo. Sally me deu esse privilégio. Logo duas, Anne e Amber. Eu chorava e ria ao mesmo tempo e descobri, incrédulo, que a nossa capacidade de amar é infinita. Minha felicidade está completa: minha mulher, meus três filhos e mais um a caminho.

Vamos fazer uma festa de Halloween com direito a abóboras, travessuras e gostosuras.

Fui buscar o telefone no quarto para ligar para o Nick e levei um susto. Algumas gavetas estavam abertas e, numa delas, a bandana vermelha e preta que Thomas usava na testa para segurar o suor chamava atenção.

—Sally!— chamei, mesmo sabendo que ela não estava em casa.

Quem fez isso?

Remexi a gaveta onde estava a bandana e encontrei um documento dobrado, imprensado entre o fundo e a lateral. Abri o papel e reconheci a letra do Thomas.

Olhei pela janela e aquele homem estava lá com o cachorro, na sombra das árvores. Corri em direção à porta dos fundos, mas, quando cheguei lá fora, eles já tinham sumido dentro do bosque.

Voltei para o quarto e peguei o documento. Depois que li, não contive uma exclamação de espanto. Ouvi o carro da Sally chegando, mas não tive forças para levantar da cama.

— Ô, pai! — Sam chamou.

Enxuguei os olhos e guardei o papel no bolso.

Soltei uma gargalhada quando cheguei na varanda; Sam, vestido de morcego, com a carinha pintada e um pirulito gigante na mão.

— Batman! Batman! — repetia ele, bem alto e agitava as asas de morcego.

As gêmeas, Anne e Amber, vestidas de fadinhas, certamente se lambuzaram com sorvete de chocolate. As carinhas e as fantasias borradas de marrom diziam tudo.

— Vocês estão demais! — Desci os degraus e peguei os três no colo.

Estava descarregando as abóboras da picape, quando Sally veio falar comigo.

— Amor, você estava arrumando as gavetas no quarto?

— Não, pensei que fosse você. Será que foi a Nany?

— Não, Nany não mexe nas nossas coisas.

— As crianças?

— Não acredito. Sam não tem esse hábito e as gêmeas não alcançam as gavetas. Mark, o que está acontecendo?

Parei o que estava fazendo e a levei para o balanço.

— Sal, você já viu aqui no bosque um homem acompanhado de um cachorro?

— Não, nunca vi.

— Tem certeza? Ele costuma andar entre as árvores do bosque.

— Mark, você está me deixando assustada.

Então eu contei tudo, desde a primeira vez que o vi, na noite em que levei o tiro.

Contei de quando Ítalo esteve novamente no chalé para me matar e o homem me atraiu para dentro do bosque e ele não me achou em casa. De como sinto sua presença quando entro no bosque para procurar as armadilhas e parece que estou sendo observado.

— Por que não me contou antes?
— Porque não queria te assustar; deve ser coisa da minha imaginação.
— Imaginação? E as gavetas abertas?
Eu falei da bandana e tirei o papel do bolso.
— Achei isso
— Ah, meu Deus! — Sally teve a mesma reação que eu.
— E agora, Sal? O que vamos fazer?
— Mas... esse documento deveria estar junto com o testamento... Quem cuidou disso?
— Sua mãe, Noelle. Vai ver escorregou entre os papéis e ficou preso na gaveta, ela não viu.
— Ele queria ser cremado como a minha mãe.
— Ele pode ser cremado agora?
— Vou falar com o Stewart.

— Preciso comparar a assinatura com a do testamento. Se coincidirem, podemos fazer a exumação do corpo e a cremação. É só um procedimento de praxe. — Stewart examinou o documento.
— Quero cremar o Ted também — falei de repente.
— Seu cachorro?
— E por que não? Ted era um cachorro especial e eu vou pagar pelo serviço, algum problema?
— Não, é claro que não.
— Obrigada, Stewart. Peço que desculpe minha mãe, foi desatenção dela.
— Não se desculpe; o importante é cumprir a vontade do Thomas.

Sam vem se tornando um menino fantástico. Como um super-herói, vence uma batalha a cada dia. Sua fala está se desenvolvendo, ele já forma frases maiores e aprende palavras novas com facilidade.

Só não conseguimos descobrir de onde surgiu a palavra "baboleta".

Os pesadelos desapareceram e ele não tem mais crises de choro. Pelo contrário, agora as crises são de risos, quando faço palhaçadas para ele. Sua risada faz meu coração cantar de felicidade.

Quando chegou ao chalé quase não sorria, falava pouco, tinha medo de tudo e de todos.

O psicólogo disse na última avaliação que ele está se saindo muito bem e evoluindo rápido. Explicou que os traumas do seu primeiro ano de vida tendem a desaparecer por completo e, de novo, ouço a palavra "amor", como o melhor remédio para curar as feridas.

É um menino dócil e gentil com as pessoas.

Na semana passada, o surpreendi segurando a mão de uma visitante, apontando o dedinho para cima, mostrando as borboletas. Mas Nany estava de olho, tomando conta dele. Mesmo assim, redobrei a vigilância. Tenho medo que alguém leve meu filho.

Vai ser um excelente guia do Bosque das Borboletas.

Quando segurou as gêmeas pela primeira vez, sorriu e as abraçou.

— Neném do Sam. — Essas foram as suas palavras.

É um irmão responsável e toma conta delas, que são super sapecas.

Na época em que engatinhavam, se aproximaram dos degraus da varanda e Sam, prevendo o perigo, botou as duas para dentro de casa, empurrando pela fralda.

— Na, na, não, neném levada! — falou, cheio de autoridade.

Ele me enche de orgulho, ao ver que a cada dia, se parece mais comigo, o bonitão aqui.

Nany levou as crianças para passear enquanto nós realizávamos o ritual das cinzas de Thomas e Ted. A escultura de esquilo agora enfeita a nossa varanda.

Quando terminávamos a cerimônia, escutei a voz do meu filho.

— Pai, aqui ó.

Ele segurava um filhote de labrador preto no colo, uma fêmea.

— Estava perdida e chorando no caminho. Sam se encantou com ela — disse Nany.

— Pai, me dá? — Sam me olhou abraçado a ela.

— Ah, meu filho. Ela deve ter um dono! — Examinei seu pescoço para ver se encontrava alguma identificação.

Nada, nem uma coleira. A cara do Ted.

Olhei para Sally e ela assentiu emocionada.

— Vamos fazer o seguinte: nós cuidaremos dela, mas, se o dono aparecer, nós a devolvemos, tá?

— É docinha. — Sam beijou a cabecinha dela.

— Vamos chamá-la de Mel?

— Ééé! Minha Mel! — Colocou a Mel no chão e correu com ela atrás dele.

— Vamos entrar e fazer um café. Pode ser que Thomas apareça mais tarde; ele gosta de tomar café na varanda — falei, dando uma risada.

— Mark, pare com isso. — Sally me deu um tapa.

Não apareceu ninguém procurando a Mel.

Eu passeava com Amber nos ombros, mostrando as borboletas que começavam a chegar, quando ouvi um barulho atrás do chalé.

— Sam! O que você está fazendo?

— Pintando o chalé, pai. — Sam apareceu todo sujo de tinta com um pincel na mão.

— Pintando o chalé, ou tomando banho de tinta? Sua mãe vai me matar!

— Mark, preciso de ajuda. Olha só o que a Anne fez — chamou Nany.

Anne, a outra gêmea, estava enlameada dos pés à cabeça.

— Essa aí eu não posso nem piscar que ela apronta. Desce, amor. — Tirei Amber dos ombros e a prendi no balanço. — Fique um pouquinho aí, colabore com o papai.

Amber abriu o berreiro.

— Sally comeu muita pimenta na gravidez. — Nany riu.

— Mel! — gritei com a cachorra. — Você está destruindo o jardim outra vez?! Saia já daí!

Sentei no degrau e coloquei as mãos na cabeça:

— São mulheres demais... eu não dou conta! Sam, abra o chuveiro e vá tirar essa tinta; leve sua irmã com você.

Nany foi atrás.

— Se gostasse de ver TV, eu não precisaria te prender! — Prendi Mel na guia e a amarrei na árvore.

Amber mastigava alguma coisa.

— O que você está comendo, neném? Abre a boca para o papai. — Tirei uma folha amassada entre seus dentinhos. — Deixe para ser vegetariana quando crescer, tá?

Olhei para o bosque e lá estava o homem com o cachorro. Eu não corri dessa vez, só fiquei observando. Novamente, não consegui ver seu rosto.

Ele acenou e eu acenei de volta. Em seguida, entraram no bosque e desapareceram. Foi a última vez que eu os vi.

— Oi, amor, o que aconteceu aqui? Estamos em guerra? — Sally chegou com sua barriguinha de três meses de gravidez.

Eu a abracei.

— Estou cheio de tesão, você levantou cedo e fugiu de mim. Quero as crianças na cama logo depois do jantar.

— Para isso nós temos uma solução. Sempre demos um jeitinho, não é? — Olhou para o bosque e beijou minha boca.

— Boa ideia. Nany, nós vamos dar uma volta, cuide da Amber — avisei a babá.

Nany chegou na varanda e colocou as mãos na cintura.

— Que tal contratar mais uma babá?
— Vamos providenciar... amanhã, Nany.
Encostei Sally na árvore e me afastei.
— Tire a roupa para mim; quero ver.
Os últimos raios de sol atingiram seu corpo e eu me lembrei da lareira.
— Minha gata dourada. Você lembra, Sal? Lembra de tudo?
— Como eu poderia esquecer? O homem que me fez mulher, que me dá tanto prazer e que eu continuo amando loucamente?
— Ah, Sal! É tão bom ouvir isso — Eu me esfreguei nela. — Diga que eu sou o seu "bichinho comestível", diga.
— Você é o meu "bichinho comestível" e eu uso e abuso de você. — Sally começou a rir.
— Isso, amor. Abuse mesmo, seu bichinho adora.
Abraçado a ela, levantei a cabeça e falei alto:
— Meu Deus! Se essas árvores do bosque pudessem falar!
— O que elas diriam, Mark?
— Que eu me casei com uma pervertida, uma safada, uma mulher sem pudor.
— Você concorda com isso? — Ergueu as sobrancelhas enquanto acariciava o meu pau.
— Totalmente e devo confessar que eu adoro!
— Eu também. — Deslizou para baixo e se ajoelhou.
— Volta aqui, ruivinha. É a minha vez. — Puxei seus cabelos e a coloquei de pé. Chupei seus seios e desci lambendo seu corpo.
— Deite no chão, amor, vou conversar com a minha "baboleta".
Eu me ajoelhei e sentei sobre os calcanhares. Ergui o corpo dela e coloquei suas pernas dobradas sobre os meus ombros.
— Você fica linda de cabeça para baixo.
Segurei suas coxas e deslizei a língua entre elas. Eu já sabia o caminho para levá-la ao orgasmo, conhecia seu corpo como um cego que lê em braile. Mas adiei, brinquei, lambi, até que ela implorasse.

Sally ergueu os quadris e eu continuei, até que ela relaxou com um gemido. Eu a mantive na mesma posição, levantei dos calcanhares e, de joelhos, a penetrei com fome.

Com Sally eu sempre estou faminto.

Senti um choque no centro do meu corpo e a onda de prazer veio deliciosa, envolvente. Joguei meu corpo sobre o dela e cobri seus lábios num beijo quente.

Lábios de coração.

— Gostou do aperitivo?

— Estou ansiosa pelo prato principal...

— Quero brincar de vai e vem de novo.

— Mark, nós vamos quebrar o balanço.

— Sally... vamos ter mais uma menina. E você está proibida de comer pimenta. — Alisei sua barriga.

Sally riu.

— O próximo vai ser um menino — falei.

— Quatro filhos não está bom?

— Não, quero pelo menos mais um. É muito solitário não ter irmãos.

— Vamos ter que ampliar o chalé.

— Temos bastante madeira.

— Temos bastante amor.

Eu me inclinei e beijei seus lábios. Por alguns instantes, minha cabeça rodou um filme acelerado, relembrando o verão que passamos juntos no chalé.

— Mesmo que as borboletas não voltem, mesmo que não exista mais chalé, eu sempre vou amar você, Sal.

— Só lembranças boas? — Ela apertou o pingente do Ted e as duas conchinhas com o nome dos meus pais que eu trazia no pescoço.

— Só... no meu pacote de felicidade, eles estão comigo, assim como Thomas e Noelle, com você, meus filhos, meu bosque. Tenho mais do que mereço ter.

— Você esqueceu da...
— Mel! Ah, Mel! Não faça isso!
A cachorra chegou toda feliz e subiu nas minhas costas.
Sally dava risada.
— Mel adora você! Vamos jantar fora hoje?
— Onde?
— Na varanda.
— As crianças vão adorar... eu topo!

Durante o jantar, eu observava a alegria e as brincadeiras na mesa.

Levantei os olhos para o bosque e tudo estava quieto, elas dormiam. Algumas ficam por aqui e constroem seus belos casulos.

Mas uma coisa é certa. Em breve, outro espetáculo se aproxima, quando o período de descanso termina e elas voam em direção ao México.

É deslumbrante ver o céu se tingir de laranja e preto outra vez.

Dirigi um olhar apaixonado para a minha mulher, que acariciava a barriga, e segurei sua mão.

— Amor... no meu pacote de felicidade, eu esqueci de incluir as borboletas.

Webgrafia

Um guia turístico de Pismo Beach e o Bosque das Borboletas Monarca. Disponível em: https://www.experiencepismobeach.com/beach-and-outdoors/monarch-butterflies/

VÍDEOS:

Biotic: Pismo Beach Monarch Butterfly Grove — 31/10/2022.
O Bosque das Borboletas Monarca em Pismo Beach.
Nature on PBS — 23/04/2020.
- *Watch a Breathtaking Monarch Butterfly Swarm* (Assista as Borboletas Monarca num enxame de tirar o fôlego).
The Sound of Millions of Monarch Butterflies! (O som de milhares de borboletas Monarca!)
The Jungle Diaries — Phil Torres
Dose Cultural — Borboletas Monarca — Extinção — 19/09/2018.

MÚSICAS:

Nat King Cole. "Autumn Leaves", 1955 — versão mais tocada.
Diane Warren. "I Don't Want to Miss a Thing" — versão do Aerosmith, 1998.

FONTE Mrs Eaves XL Serif
PAPEL Pólen Natural 80 g/m²
IMPRESSÃO Paym